灯下の男

人の世は出会いと
別れの数珠つなぎ

西　炎子

目次

灯下の男

初めて彼女がその男を見たのは桜の蕾がかすかに綻び始めた五か月前のことだ。その日は朝から篠突《しのつ》く雨が降り続き午後を過ぎて雨が小降りになったにも拘らず辺りはどんよりと薄暗かった。

仰臥《ぎょうが》し目を閉じたままの篠塚沙耶《しのづかさや》は既に何時間もその体勢で外の淀んだ空気の微妙な揺れを窺っていたが力ない掛け声と共に体を布団から引き剥がさざるを得なかったのは喉の渇きが我慢の限界にまで達していたからだ。

三日前から続いていた風邪の高熱はどうやら峠を越したようで全身の感覚は朦朧《もうろう》とはしているものの布団から出された汗ばんだ体には春先のこの肌寒い空気は心地よい。キッチンでマグカップの半分まで水を溜めると彼女はそれを一気に飲み干しそれから目の前の小窓を細く開けた。カップに更に並々と水を溜めた彼女はそれを手にしたまま家の中で彼女が一番気に入っているキッチンとは反対側の窓際にむかった。

彼女が六年前から住んでいる門前仲町の裏通り沿いに建つその三階建ての年代物のアパートはこの秋の建て直しが既に決まっていて、家主から九月いっぱいでその部屋を退去するようにと言われている。日当たりの悪いそのアパートの二階の角部屋に住む彼女は一部上場の出版会社にアルバイトで勤めているのだが安い給料でのオーバーワークともいえる勤務体制で彼女は早い時間に帰宅することはほとんどない。当初から寝るためだけに入居したそのアパートは彼女にとっては格安な値段が気に入っただけで日当たりの悪さなどそれ程気になるものでもなかったが九月まで新しい部屋を探すとなると今時これほどの格安の物件を見つけるのはかなり難しいかもしれないといささか彼女は不安になっている。

窓際に立った彼女が淀んだ空気を入れ替えようと窓を全開にすると部屋の中に勢いよく流れ込んだひんやりと重たい空気が頬に張り付いていた彼女の長い髪を巻き上げたが通常であれば挑むような光を放つ彼女のシャープな瞳も今は気だるそうに半ば閉じられた状態だ。部屋から見える眼下の裏通りを見るともなく見ている彼女は高級酒を味わうようにマグカップの水をひとくち口に含んでみる。窓の外側に取り付けられたヨーロッパ風の金属製の出窓はアパートの竣工当初はたぶんワインカラーで彩色されていたのだろう、その名残《なごり》と思われる赤色が金属の所々に僅かに残ってはいるものの他の部分はほとんどが錆びてしまって往時の面影はない。

彼女が汗ばんだ体を出窓に預けると湿り気のある風が彼女の上をふわりと掠めて反対側のキッチンの小窓に抜けていった。北西側に位置する眼下のその裏通りは普段からあまり人の通りはなく、陽の射さないそこを歩く人たちは一様に誰もが俯き加減で何故か世間に背を向けて生きているように彼女には思えてくる。

雨の降り続いたその日の裏通りを歩く人影は案の定ほとんどない。日暮れにはまだ時間は十分あるはずなのにその日の天候のためか辺りは既にたそがれの様相を見せている。とその時大通りからその裏通りへとつながる直線の小道を男がひとりやって来るのが見えた。遠目に見ても決して若いとはいえないその細身の男はやや俯き加減で疲れたような足取りをしている。薄暗くなった風景の中にその男が何とも派手な濃緑のスーツにクリーム色のネクタイを締めているのを彼女は見てとったがどう見ても堅気の仕事に携わる人間には思えない。相手によって緩急剛柔《かんきゅうごうじゅう》を自在に使い分けることが出来るある特別な職業かそれとも水商売も含めたところの自由業らしい雰囲気をその男は纏《まと》っているがその男の顔は二階から見下す位置にいる彼女からは陰になって判然とはしない。その時男が立つ丁字路交差点の頭上の光センサーの街灯がまばゆい光を二回点滅させた後に点灯したがまだ早い時間であるのに街灯が点灯したのはあたりの薄暗さに自動センサーが敏感に反応したせいに違いない。男はいきなり街灯が点灯したことで一瞬驚いたように身を震わせ頭上を見上げたがそのことによって今まで陰になっていた男の顔がスポットライトを浴びたように露わになった。男の顔が唇を鋭角に歪め何故か不機嫌そうに見えるのは点灯した街灯に驚いたせいばかりではなさそうだが男は街灯を見上げたままの格好でポケットを探り煙草を取り出すとそれに火を点けた。深々と煙を吸いながら男はそのまま空中に視線を泳がせているがどうした訳かその場を動こうとはしない。まだ明かりを点けていない彼女の部屋の窓は男のあの位置からはただの黒い枠としか見えないはずだから暗い窓際に隠れるように佇んでいる彼女の姿は当然のことに男の視覚は捉えていないはずだと彼女は思う。それどころかあの男は上階からあべこべに彼女に観察されていることなどは全く知る由もないはずだがしかしそうは思いながらも薄暗い道にじっと佇む男の目が何故か獲物を狙う獣のような鋭い光を放っているようにも彼女には思われてくる。急に不安を感じた彼女は万が一を考えてゆっくりと窓から離れると壁際に身を寄せたがそれまで佇んでいた男が何事もなかったかのようにゆっくりとした足どりのままアパートの前から歩み去って行くのが同時だった。

熱は下がり風邪の症状は落ち着いたものの翌日になっても彼女の体は倦怠感が取れず何をする気も起こらない。というのも風邪のせいとはいえこの三日間を自堕落に過ごしてしまったせいで上京してからの六年間を知り合いもいない未知の東京で肩肘《かたひじ》を張って生きてきた緊張のタガが外れてしまったようなのだ。そもそも一流の出版会社勤務とはいいながら実情は毎日のお金の出し入れとお茶くみや使《つか》いっ走《ぱし》りで読書好きの彼女が考えていた編集や校閲《こうえつ》の仕事を任されるという甘い考えは叶えらそうにもなかった。そしてアルバイトという扱いの彼女の月の収入は微々たるものでそのため何年経っても結局今のような格安物件のアパートに入居せざるを得ない状況なのだ。

高熱にうなされながら彼女は考えていた。今回三日間自分が会社を休んだことではたして会社が何か困ったことでもあっただろうか。いや会社にとって自分が三日休んでも仮にそれが十日間続いたとしても少しも困ることはないだろうしそれどころか明日退職しますと突然言ったとしても翌々日には新人が入り仕事の引き継ぎをする必要もなくいささかの混乱も起こりようがない。

だが故郷岡山の実家が経営している何十年間と続く桃農家の仕事はどうだろうかと彼女は混濁した思考で考えてみる。今の出版会社でのパソコンに数字を入力する金銭管理の仕事などより桃農家での仕事は比べ物にならないくらいやりがいがある仕事だと考える。あの愛らしい桃たちは毎日手を掛けてやらなければたちどころに無軌道な荒くれものになってしまうが手を掛けてやればやる程彼らはそれに対するきちんとした返事を出してくる。彼らは慈しみ育ててくれる人を、そう、彼らは田舎生活を嫌って逃げるように東京に出て行ったこの私の愛情を必要としているに違いない。そう思った瞬間彼女は故郷の山や川そして清涼な空気に包まれたような気がしてきた。

閉塞された田舎が嫌でたまらず逃げるように東京に出て来たというのに高熱の中で彼女が狂おしいほどに思い続けていたことは、六年の間に一度として帰っていない故郷岡山の倉敷の山や川だ。

タガの外れてしまった彼女は翌日も翌々日も会社を休みそして日がな一日何をするでもな

く寝床で過ごした。しかしこのような緊急時にも彼女を心配して訪ねて来てくれる友人も電話の一本をかけてきてくれる知人も悲しいことに皆無だ。春一番が吹いた二十歳の誕生日に倉敷の玉島の町から逃げるように上京し、いざ落ち着いた日本一繁華な東京の街でのそれとはあまりにも落差のあり過ぎる暗闇に落ちていくようなこの寂寥《せきりょう》感、この六年間私はいったい何をしてきたというのだろう。

風邪に罹ってからの五日間彼女の食欲はずっと失せたままだったが彼女は体内に生息している邪気でも祓《はら》うつもりなのかあえて何も口にしない。五日の間に彼女がかろうじて口にしたモノといえば白湯と冷蔵庫に入っていた賞味期限間近のレモンジュースくらいのものだったので明日会社に行くためには無理をしてでも何かを胃に入れなければと思い彼女は重い体をベッドから起こした。

早春の日も落ちて辺りが薄紅に染まり始めているということは既に五時を過ぎているということかも知れない。大きく伸びをしながら路地裏側の窓を覗いた彼女は視線の遥か遠くに一昨日のあの男とおぼしき黒ずくめの格好をした男があの日と同じゆったりとした足取りで、肩でも凝っているのかしきりに首を回しながら小道をやって来るのを見た。その時彼女の心臓が何故か予期せぬ鼓動を一つ打った。彼女は男をより鮮明に見るために音が立たないようにゆっくりとガラス戸を引き開けていった。男が近づくにつれその不機嫌そうな顔が一層露わになるが一昨日と違っていたのは男が街灯の下に到達するかなり手前で灯りが点灯したことだ。男は一昨日のように驚いた様子は見せなかったもののやはりあの日のように街灯を見上げると何故か首を大きく巡らした。なにかを警戒しているのかそれとも何かに怯えているのか男の鋭い視線は目の前に立ちはだかるアパートの窓をひとつひとつ、それは当然彼女の部屋の窓をも含めてだが舐めるように見ていく。

（それにしても尋常ならざる様相をしたあの男はいったい何者なのだろう）

彼女が六年間このアパートで暮らしていながら今まで一度として男を見た記憶がないのは彼女の朝早く出勤して夜は遅い帰宅での不規則な生活リズムがあの男のリズムと合わなかっただけなのかも知れないがそれだけとは言い切れない不可思議な部分もある。三日前の唐突ともいえる男の出現、そしてそれから二日後にまた男を見ることになり、今まで一度も見たことがなかったにもかかわらず男を僅か三日の間に二度も見掛ける偶然に対し彼女自身も驚くと同時に不思議な気がしている。しかしそれはあの男がこの六年間彼女の意識に止まらなかっただけのことであってあの男はこれまでもずっとこの裏通りをこの時刻に独特なあの足取りで歩いていたに違いない。

それにしても彼女はこれまでの二十六年間の人生であのような種類の男にはお目に掛かったことがなかった。彼女の出身地・岡山の県民性は理知的で理論的だと巷間《こうかん》言われているのだがそれは裏を返せば生真面目で優等生的な何とも面白みのない性格ということでその県民性そのままの性格をしている彼女はそれを嫌って何とか自分を変えたいと思い続けていたのだ。ならば上京して東京で新しい自分に生まれ変わり自由奔放で自堕落な女になろうと試みてみたものの結局自由奔放にも自堕落にもなり切れずにこの六年間で彼女は二人の男とありきたりの恋をしてそして別れた。

彼女の中にはあの男が纏《まと》う危うさに傾倒する自身の内にある不確かさを自覚しながら彼女は今までそれを他人様《ひとさま》に口外することも行動に移すことも出来ず抑え込んだまま結局ありきたりの恋愛しか出来なかった。しかしあの男を見てからというもの彼女は自分の中の何とも厄介な不確かな部分が揺り起こされているような気がしている。

暮れていく空を仰ぐ男の暗黒の世界に取り込まれたような表情を二階の窓から透き見する彼女は、あの男ももしかしたら私と同じように幸せな人生を送っていないのかも知れないと同情にも似た気持ちにふとなった。

たぶん男はこの先何十メートルと続いている裏通りに面したアパートの一角にでも住んでいるに違いない。しかしその日は煙草に火を点けることもなく男はすぐに視線を元に戻すと慌てるでもなく来た時と同じ速度で裏通りを抜けて行った。

翌日から会社勤めの規則正しいそれまでの生活が戻りそれから後もさして変化のない彼女

の日常が過ぎていった。会社では相変わらず雑事に一日中追い回されて彼女がアパートに戻るのはかなり夜も遅くなってのことだったので必然的にウィークデイにあの男を見ることはなくなった。

それからはどこにも出掛けることのない週末の黄昏時《たそがれどき》、彼女は何故かあの男の姿を探すために窓際に立ってしまう。街灯の点灯時間はその日の天候によって微妙に異なるのだが派手なスーツを着崩した不機嫌そうなあの男が週末に街灯の下を通ることはなかった。しかし黄昏時の男をすっかり見ることがなくなってあまり日も経っていない頃、彼女は夜明け時の男を見るようになった。

それは毎日の通勤で渋谷まで通わなければならない彼女は朝早くに起床するのだがいつもは外が明るくなってから引くカーテンをその日は間違えてまだ暗いうちに引いてしまった。春先のその時間の夜はまだ完全に明け切っておらず辺りは薄墨《うすずみ》を引いたようにどことなくどんよりとしているがその靄のかかった窓の向こうの一本道をあの男がふらふらと歩いて行くのが見えたのだ。まだ完全に日も出ていないこのような時間に彼が塒《ねぐら》を出なければならないという理由を彼女は考えてみる。そしてどう見ても堅気の勤めをしているようには見えない彼の黄昏時に通う先はもしかしたら家庭以外のもう一つの家なのではないだろうかと思い至った。そう考えればその朝の出来事も馴染の女の家からの単なる朝帰りだと思えば辻褄が合うのではないか。

そしてその日を境に薄暗い時間に大通りへの一本道を歩く男の姿を彼女は頻繁《ひんぱん》に見かけるようになった。

あの男が再び彼女の前に現れるようになったが、しかし彼はこれまでも黄昏の時刻には裏通りから目的地に向かって歩いていたのだろうしまた明けやらぬ空気の中をゆらゆら歩いて行くのも今に始まったことではなかったはずだ。だが彼女としてはある日突如としてあの男が彼女の目の前に現れたような気がしてならない。

（そうか、もしかしたらこれがカラーバス効果というものかもしれない）

その用語を彼女に教えてくれたのは今の出版会社に勤め始めたばかりの頃の先輩・球磨川《くまがわ》朱美《あけみ》だ。彼女は入社したてのまだ世間ずれしていない沙耶を何故か可愛がり気の利いたレストランや飲み屋によく連れて行ってくれたちょっと風変わりなそれでいて魅力的な五歳年上の女性だった。

冬に向かう冷たい風の吹く十一月、残業で居残りをしていた沙耶に仕事が終わった朱美が声をかけてきた。

「家へ帰って何か作るのだったら美味しい日本料理店見つけたからご馳走するわよ」

彼女もこの後の食事を外でするか家に帰って作るかと丁度考えていたところだったので美

味しい日本料理という言葉に思わず頷いてしまう。

「その代わりに買い物に付き合ってほしいの」

「いいですよ。でも同居人さんはいいのですか？」

彼女が朱美にそう尋ねたのは朱美が常々私は結婚しないし子供も作らないと公言していたのだがしかしそう言いながらも朱美は現在同棲中であり沙耶にすれば彼女は何とも開放的な生き方をしていると感心するばかりだ。しかし一緒に暮らしてはいるが結婚はしていない相手の呼び方は夫でもなければご主人でもないだろうと沙耶は思いシンプルに同居人と呼ぶのが一番相応しいだろうと思った彼女はそう言ってみたのだ。

「何か飲み会があるんですって。週末に彼と通勤用のスニーカーを買いに行く予定だったんだけどついでだからきょう済ましちゃうわ。悪いけれど付き合ってくれる？」

「先輩が通勤にスニーカーを履くのですか？」

いつもピンヒールで颯爽と歩くのが彼女流の美学であり哲学でもあったので社内の女性たちも彼女の外観そしてその生き方も含めたカッコよさに羨望の目を向けていたというのに通勤にスニーカーを履くとはいったいどうしてしまったのか。訝しく思う沙耶は彼女の顔を見つめるが彼女はそんなことは気にも留めない様子で沙耶が机の上を片付けるのを手際よく手伝い始める。

　スニーカーを買うと言いながら道路沿いにある洒落た靴店を朱美は素通りしてその足は何故かデパートの方向へ向かっている。その途中にも何軒かの靴店を見掛けその度に彼女が朱美に声を掛けるのだが朱美は何故かその店を横目で見るだけでひたすら歩き続け目的地のデパートに到着した。

「婦人靴はこの階ですよ」

　エレベータを三階の婦人靴売り場で降りずにそのまま上に向かう朱美に向かって彼女は大声で呼び止めるが朱美は彼女を無視したまま降りる気配がない。後を追う彼女は結局最上階の特設売り場まで連れてこられてしまった訳だが沙耶は彼女が何故その階まで来たのか分からない。

「ちょっと見たいものがあるのでここで待っていて」

　沙耶の返事を聞くでもなく彼女は特設会場のある一角に慣れた足取りで歩いて行く。彼女がどこへ行くのかと思った沙耶は天井近くに表示されている商品の売り場表示板を見上げ彼女が行った方向がベビー用品や子ども用品を扱っている場所だと理解する。五分ほどで戻って来た彼女の顔には満足したような微笑みが浮かんでいたがその後は下りのエレベータに乗った二人は三階の婦人靴売り場で降りるとブルーの罫線が一本入っただけのナイキのごくシンプルなスニーカーを買い求めその後は彼女が見つけたという創作料理が売りの日本料理店へ向かった。

先ほどのデパートでの朱美の行動がどうにも腑に落ちない沙耶がビールで乾杯した後に向かい合った朱美に尋ねる。

「球磨川さん、良く分からないのですが特設売り場で私を待たせて先輩が行った場所はベビー用品と子ども用品の売り場ですか？」

理解しがたい顔をしている沙耶を見ながら彼女は嬉しそうに微笑む。

「ねえ、心理効果の一つにカラーバス効果というのがあるのだけれど知っている？」

沙耶は初めて聞くその言葉に首を振る。

彼女が言うには人間の脳はある一つのことに興味を持ちそしてそのことを意識することによってそのことに関する様々な情報が自然に脳の中に入り込んでくるのだという。我々は日常全く意識をすることはないのだが、我々の周りには際限なくとてつもない量の情報が飛び交っていてそれは次から次へと我々の五感に入ってきている。だがそれを情報として意識していない人間にとってそれらは無いにも等しいもので全く何の価値もないものとなるのだがそれを意識した人間にとってそれはこの上ない宝庫となる。ある人間にとっては宝の山でもそれをゴミの山と切り捨てる人がいるのと同じように、人間は生きていく上で全部の情報を受け取る程のキャパシティーは無いので必然的に自分が関心のある情報だけを受け取っているということらしい。

「ねっ、篠塚さん。仮にあなたがAという男優を初めて知り心惹かれ彼に関心を持ったとするわね。するとその情報に納得したあなたはそれを自分の知識として体内に取り込む訳ね。そしてそれから後はその取り込まれた情報は何故か頻繁にあなたの目に入ってくるようになる。そんな経験をしたことは無いかしら？　Aという男優に関心を持ったあなたは新聞や雑誌で彼の名前を何故か頻繁に見るようになるはずだし読んでいる本の中でもAと同じ名前を見つけると心が浮き立つのを自覚するはずだわ」

「ということは現在先輩の関心のある情報があの特設会場のベビー用品と子供用品にあるということなんですか？」

「そう、私ね、この頃街を歩いていてもレストランで食事をしていてもとにかく赤ん坊や子どもがいるとつい目がいってしまうの。ついこの間なんか小さな子供が道路を飛び出しそうになったので思わず抱き止めて二人で道路を転がってしまったわ」

「先輩、それってもしかしたら先輩に赤ちゃんが出来たってことなんですか？」

沙耶は朱美がこれほどまでに回りくどいことを言うのは彼女が子どもを産まないという今までの宣言を翻《ひるがえ》すことになったのが少しばかり照れくさいせいだろうと理解する。だから彼女は照れることはないのよという返事の代わりに大きく頷いて見せた。

「今の先輩は自分の靴を買う前にどうしてもまず赤ちゃんに関する商品を目にしないではいられない状態になっているということなんですね」

「そうなの、あれ程子供という存在を嫌悪していた私がこのようになるなんて私自身が驚いているの。今三か月なんだけれど何を見てもどこへ行っても赤ん坊や子供に関することにどうしても目がいってしまうのよね」

彼女はちょっと誇らしげに鼻の穴を膨らませるとまだ目立たないお腹にそっと手を置く。いつもヒールのある靴で颯爽《さっそう》と歩いていた彼女が歩くのに機能的なスニーカーを求めることも無事に丈夫な子どもを産みたいと思ってのことだったのだろう。

そして彼女は出産間近まで働き続けてから退職しその後も次々と三人の子どもを産みあれほど唾棄《だき》していた結婚というものもいともあっさりと受け入れ、過去の宣言をまるで忘れたかのようにそれなりの人生を謳歌しているという噂を沙耶は風の便りで聞いた。

その時彼女は朱美の言うところのカラーバス効果についての理論は頭では理解できたものの実際にはそれがどういうものなのかは正直分からなかった。だが彼女はこの数週間の自分のとりとめのない行状を思い返すにつけ、一旦それを気にし始めると何故かそれを頻繁に目にするようになるというカラーバス効果という認知バイアスのただ中に自分がいると思わない訳にはいかなかった。確かに街灯の下のあの男を初めて見てからというもの彼女はあの男の情報を脳の中に取り込むことに躍起になっているようなのだ。

初めてあの男を見てから五か月が経っていた。

会社の一週間の夏季休暇が始まったがその年の夏は例年にないほどの厳しい暑さになっている。一週間の夏休みといっても岡山に帰省する予定もない彼女はほとんどの時間を普段ないがしろにしていた家の片付けと好きな映画を観賞することに費やすに違いない。友人のいない沙耶は大抵の場合単独行動で用を済ますのだがその単独行動でもっとも多くの時間を費やすのが映画だった。

夏休み四日目のその日の銀座は車道も陽炎《かげろう》が揺れるほどの格別に熱い日となった。灼熱のその日にわざわざ彼女が銀座まで出かけて行ったのも好きな映画鑑賞をするためなのだが、その日は前評判の高かった「海を飛ぶ夢」という題の映画でどうしても見たいと思いながらも延び延びになっていたものだ。尊厳死に関わる重いテーマのそれは彼女が夏季休暇中に見たい何本かの映画の筆頭になっていたもので上映期間はその週が最後となっていたためその日慌てて出掛けてきたのだ。

尊厳死には賛否両論があり陪審員が評決を下すように是か非かを明確に判断出来るものでもなく、まして映画の主人公のように家族を持たない場合を考えると同じ状況の彼女としては考えさせられることの多い題材だった。

　重い気持を引き摺ったまま映画館を出たものの彼女はウィンドウショッピングをする気にもなれず仕方なくデパートの地下食品街で好きなパッテラを買っただけでそのまま真っ直ぐアパートに帰ることにした。

　日が落ちても少しも和らぐ気配のない暑さの中を沙耶が最寄り駅の門前仲町の階段を上っていくと町内の夏祭りなのか、けたたましい祭囃子が響き渡り商店街が異様な賑わいを見せている。人ごみでごった返す商店街を器用にすり抜けながら彼女は住まいのアパートのある裏通りへと続く小道に足を踏み入れた。その時小道の遠景に多くの行き交う人に交じって見慣れたあの男がゆっくりやって来るのを見てとった彼女はとっさに歩く速度を緩める。男のかたわらでは白地に濃紺の大胆な花柄の浴衣に黄色の帯を締めた明らかに男よりひと回り年上と思える粋な女が微笑みを浮かべ男を見上げている。袖を捲《まく》った黒のスーツに黄色のポロシャツのその日の男のいでたちはどう見ても堅気とは思えぬもので目立つことこの上ない。真正面から見る男の不機嫌そうな顔は、いつも彼女がアパートの二階から見ている角度とは微妙に違ってはいるもののいつものあの男に間違いはないだろう。今見る真正面の男の顔は眉間に深いタテ皺が刻まれ疲れ切った様子をしており遠目で彼女が勝手に想像していた四十代前半とはとても思えない。

　小道の端に体を寄せて幾分俯き加減に歩き続けていた彼女は二人が混じる人並みとすれ違った。そのままアパートに帰るつもりでいた彼女が彼らとすれ違って五、六歩のところで突然立ち止まったのはあの男はいったい何者なのだろうとの前々からの疑問が突如沸き上がってきたからだ。踵を返した彼女は背伸びをして距離の開いた二人を目で捉えると急ぎ足でその後を追い始めた。

　大通りに出た男と女は町内にいくつもある神社の中で一番大きな神社が建立されている方角に向かって歩き始めているがその日の大通りは全面通行禁止になっているせいだろうか大通りには道幅いっぱいに出店が立ち並んでいる。男と女は祭りを楽しむように一軒一軒の出店を覗いたり店の人と話したりしていたが女が金魚すくいの遊戯に興味を示したのかしきりに指をさしていたがタオルを首に巻きつけ威勢のいい声を張り上げている金魚すくい屋の若者の前に二人は立ち止まった。女は若者からポイ（針金等の枠に薄いカミを張ったキンギョをすくう道具）を受け取ると慣れた手つきで裏表《うらおもて》を確かめ水槽の前にかがみ込むとそれを少しだけ水で湿らせる。そして腕まくりをした女はポイを華麗に操りすくい上げた金魚をボールの中に次々と移していくが女の手際は見事という他は無い。金魚すくいが余程気に入ったのか女はポイを三度買い変えたが周りの人たちも彼女の鮮やかな腕を十分堪能したようだ。十分楽しんだ彼女が立ち上がると女の手には赤い金魚が二匹入ったビニール袋がぶら下がり笑顔の女は高々とそれを掲げると満足そうに男を見上げた。ビニール袋の金魚を時々覗き込みながら二人はまた歩き始めたが今度は色とりどりに彩色された造花を売っている店の前で足を止めた。そして女がハイビスカスと思われる艶《あで》やかな黄色い花を手に取ると矯《た》めつ眇《すが》めつした後でそれを男に手渡した。すると男は女の背後に回ると慣れた手つきでそれを女の髪に挿し笑顔になった男が何やら女の耳元で囁くと女は口元を押さえて笑いだした。黄色い大輪の花を挿した女は一層華やかになりそれでなくとも目立つ二人を振り返って見る人もいる。だが二人は周りの目を気にすることもなく歩き続け今度は出来立てのたこ焼きに男が興味を示したのか指をさして女に話し掛ける。そしてそれを買った二人はそれをほお張りながらおもゆらゆらと歩いていく。

長く続く大通りの丁度真ん中あたりに建っているその神社の鳥居の前はこれからお参りをする善男善女で溢れかえっているが一の鳥居から神社へと続く緩やかな階段の参道にも人が群れ切れ目なく上って行く。当然二人もお参りをするつもりなのだろう、少し離れたゴミ箱に空のプラスチックごみを捨てた男が戻ると二人は揃って一の鳥居を潜った。彼らの後を二十人ほどの人が続いたところで沙耶も皆の後に続き階段を上り始めたのだがこの地に住み始めて六年になるというのに彼女がその神社にお参りに来たのは引っ越してきたばかりの年に来た一回だけだ。この六年間、週末の休みには一週間の溜まった家事仕事を処理するのに追われていたしそれでなければ決まって映画を見るために銀座か渋谷に出掛けていたのでそのような時間がなかったというのが正直なところかもしれない。

振り切るように故郷を出てきた彼女にとって、故郷の倉敷は正月休みや夏季休暇にふらりと帰って頽《くずお》れそうな心身を癒してもらうような場所ではなかった。足蹴《あしげ》にした故郷に何も言わずに抱きしめてと泣きついても父親や母親そして弟妹たちにしても今更甘ったれるなという気持ちに違いないだろうしだからこそ彼女自身もこれから先ひとり東京で生き抜く手だてを手探りしている。帰るところを持たない彼女はだからこの六年間の長期休暇をいつもひとりで見知らぬ土地をさまよい歩くことしか出来なかった。

一の鳥居から参道を上り切ったところには二の鳥居があるのだが、一の鳥居から石段を上って来た人たちの誰もが二の鳥居の手前の小さな踊り場で立ち止まる。そこで一息つくと眼前に聳《そび》える二の鳥居を下から見上げる形になりその迫力に誰もが神社に対して畏敬《いけい》の念を抱くように設計されているようにも思われる。二の鳥居を潜ると目の前は広々とした中庭になっていてそこから真っ直ぐに石畳を伝って歩いていくと突き当りにご社殿が建っている。中庭の周りには多くの樹木が植えられているが周囲におかれたぼんぼりの灯りで見ただけでもその木々の幹回りは太くかなりの年代を経たものだと思われるが木々に対して何の知識もない彼女にはそれがどれほどの価値があるものなのかは分からない。吊るされたぼんぼりの不確かな明かりが夜祭りの風情を一層掻き立てているが中庭の左手には円形の手水石《ちょうずいし》が置かれ並んだ人々がそこで次々に手を清めその後は正面のご社殿に向かって二列の列並で行儀よく歩いていく。

かなり遅れて二の鳥居を潜った彼女は人々に混じって社殿に向かう二人を確認すると慌てて手水石に伏せられた柄杓《ひしゃく》を取り上げ手を清めると列の最後尾に並んだ。

やがてお参りの順番になり男と女は拝殿の前に行儀よく並んだが二人のお参りの仕方は全く違っていた。二人が賽銭箱に同時に投げ入れた賽銭の金属音が虫の音に交じって最後尾の彼女のところにまで小さく聞こえてきたが、男はその後二、三秒手を合わせただけで列を離れてしまった。一方女の方はというと心の裡《うち》に抱えているものをひとつひとつ神の前で羅列《られつ》でもしているのか手を合わせる時間はかなりの長さになっている。後に続く人たちが次々とお参りを済ませても女のお参りは続き動く気配さえない。そしてやっと順番になった沙耶がその女の隣に並んだのと同時に女はその顔をやっと上げたが拝殿を見つめる女の口元から小さなため息が漏れ聞こえてきた。境内に灯るぼんぼりに浮かぶ女の横顔はかなりの年配のように見えるもののその所作はどこか垢抜けしていて昔粋筋《いきすじ》の世界に身を置いていたような雰囲気がある。

所在なげに鳥居の前で立っている男の傍へようやくお参りを終えた女が軽やかな下駄の音

を響かせて駆け寄った。女は男の左腕に右手を搦め短く何かを囁くとそれに反応した男が肘で女の脇腹を軽くつつき返した。

男と女はその神社へのお参りが目的だったのか、大通りをずっと続く夜店を見ることもなくもと来た道を引き返し始めた。しばらく歩いていくと女が何かを指さしてはしきりに男の腕を引いている。この界隈ではつとに知られた甘味処のウィンドウを見つめたままの女はそこに飾られている多くのサンプルの中のどれかを食べたいと男に言ったのか肩を並べた二人はその店に吸い込まれていった。沙耶は彼らより少し間をおいてから店に入ろうと思い店の前で時間をやりすごしていたがその時浴衣姿の姉妹とおぼしき幼子の手を引いた家族連れが慣れた足取りでその店に入って行くのを見た彼女はその後に素早く付くとさり気なく店に入って行った。

奥のテーブルには背中を見せた男がそして入口に顔を見せて向かい合わせに女が座っている。何を話すでもない男と女の間には狎《な》れあった者たちだけに通じ合う安心しきった沈黙があった。彼女は素早く店の中を見回すと彼らとの間にテーブル席を二つ挟んだかなり離れた位置に男の背中を見る形で席を取った。そしてクリームあんみつを注文した後はバックから昼間見てきた映画のパンフレットを取り出しそれを見ているふりをする。そして彼らの行動に全神経を集中させ一言一句漏らさずに聞き取ろうとしてみるのだが彼ら二人の間からは少しの話声も聞こえてこない。

（かなり年上の疲れ果てたようにも見えるあの女の人はあの男の何なのだろう）

やがて男と女は運ばれてきたものを黙って食べ始めたが何が可笑しかったのか女がフフッと小さく笑ったのが聞こえた。

（少なくともあの二人は夫婦ではないようだがあの男が黄昏時に裏通りを通っていつも向かっていた先はあの女の人が住むところで夜明けと共に起き出した男はあの女の人のところから朝帰りをしているということなのだろうか）

やがて女がご馳走様と言いながら向かいの男に軽く会釈すると静かに立ち上がった。男は手にしていた煙草を深く吸うとそれをアルミの灰皿ににじり消したがそれを見た沙耶は立ち上がる男と目が合わないように一層映画のパンフレットに目を落としアンミツをこねくり回す。椅子から立ち上がる乾いた音がして男は入り口に向かう気配を見せたが、何を思ったのか男は迂回して来ると下を向いている沙耶の前に立った。目の前の光が遮られたことで思いがけない展開になったことを知った彼女が慌てて顔を上げると不機嫌そうな男の顔の左口角がかすかに上がっている。

「どうも、初めまして…」

男はかがみ込むと彼女の耳元に唇を寄せて囁く。

「あっ、はいっ、どうも、初めまして」

何とも間の抜けた言葉が彼女の口から飛び出した。

「こうして折角知り合えたというのに残念だけど僕たちは近いうちに引っ越さなければならないんだ」

なおも囁く男に何と返答して良いか分からず彼女がただ頷いていると男はじゃあと右手を上げて入り口に向かった。そしてレジで精算をしながら男は店長なのか同年代の男と何か笑いあっていたがやがて女の待つ大通りへと出ていった。

彼女は気持ちの昂りを隠すためにパンフレット見そしてアンミツを食べ続けるが気持ちの統制が取れずにアンミツを上手く嚥下《えんげ》出来ない。先ほどまで混んでいた店内はいつの間にか客はいなくなり今は若い恋人らしい客だけになっている。その時パンフレットに目を落とし続けている彼女の前に包装された小さな箱が置かれた。

「当店名物のきんつば、安田の旦那からの差し入れです。ひとり暮らしだから小さいのでいいだろうって」

ひとり暮らしだから？　こちらが一方的にあの男を眺めているとばかり思っていたのにこれはいったいどういうことなのか。何と言って良いか分からないまま彼女は得意そうな笑顔を見せる店主に有難うございますと頭を下げた。

「それにしてもかれこれ十五年だ。安田の旦那もいい加減にあの女と手を切りゃあいいのに。ホント、旦那は確かに優し過ぎるんだよ」

店主は客が丁度途切れたのを幸いとばかりに安田の旦那の知り合いらしい女にちょっと愚痴を言ってみたくなったのかも知れない。

「あれから後もかみさんと子供は旦那の帰りをずっと待っているみたいだし家族を泣かせて安田の旦那はいったい何を考えているのやら」

彼女は曖昧に笑いながら頷いた。

「あんたは今の安田の旦那のことしか知らないだろうが実は旦那は凄い経歴の持ち主なんだ。神奈川県警のキャリア組ということで当時あの若さで、確かあの時旦那は三十前だったと思うが既に警視になっていたんだ。警視になるというそれがどれほど凄いことかはたぶんあんたには分からないだろうとは思うが、とにかく安田の旦那は将来日本の国を背負って立つ人だったのは間違いなかったんだ。その時旦那は結婚して二年目の時で可愛い男の子が生まれたばかりだったのに何の因果か行きがかりで警視の身分をフイにしてまであの女と切れなくなっちまったんだよ。いや、安田の旦那だってあの女が警視の身分をフイにしてまで守らなければならないそんな玉じゃないことなどは端《はな》から分かっちゃいたんだろうが、それでも切れなくなっちまったのは結局旦那の優しさなんだろうな」

思いもかけない店主の話にあの男の尋常ではない眼つきの鋭さといつも苦虫を噛み潰したような表情をしている理由に彼女は合点がいった。

「あの女は横浜の黄金町《こがねちょう》辺りを仕切っていたある組の姐《あね》さんで、いつの頃からか親分の目を盗んで他の組の若いのといい仲になっちまったんだよ。そしてその若いのとの駆け落ちを画策していたのだが事前にそれが発覚してしまい親分と姐さんがすったもんだしているところに運悪く安田の旦那が来ちまったのさ。その当時広域指定暴力団や外国人犯罪等を取り締まる通称〝マル暴〟の組織犯罪対策部に籍を置いていた安田の旦那はいわゆる〝お茶〟をしに時々組に顔を出していたんだ。警察とその世界の人間は茶飲み話をしながらのほどほどの情報交換で両者が適度な関係を保つということは良くある大事なことで、そう、あまり親しくなり過ぎずかといって疎遠にもならずほどほどの距離を保ちながらの警察と組とのほど良い関係ということだろうな。安田の旦那はその日も組の様子を見るためにいつものように通りすがりにちょっと立ち寄ってみたんだが実に間が悪かった。それは親分に恫喝《どうかつ》されて床に座り込んでしまった姐さんの首に親分が日本刀を突き付けている時で親分が相手は誰なんだと姐さんに凄《すご》んでいる現場に運悪く安田の旦那が足を踏み入れてしまったという訳なんだ。しかしあの性悪女《しょうわるおんな》は突き付けられた日本刀の切っ先を睨みながら震える指で安田の旦那を指さしたのさ」

「ヒドイ……」

彼女の口からうめき声が洩れる。

それにしてもこの甘味処の主人は何故あの男のそんな過去のことまで詳細に知っているのだろうかと不思議に思いながら彼女はただ黙って頷くだけだ。

「ただでさえ頭に血が上っていた親分は姐さんの指さす先のキョトンと突っ立っている安田の旦那に真相を質《ただ》すこともなく手にしていた日本刀を振り上げてしまったのさ。しかし旦那の武道の腕前はかなりのものでとっさに身をかわし親分の腕を払うとその日本刀は親分の手を離れクルクルと天井に舞い上がっていったのだがそれで済まなかったんだ。舞い上がった日本刀は加速度をつけて下りてきたのだがその切《き》っ先《さき》が床に這いつくばっていた親分の背中に命中してしまったって訳さ」

彼女は思わず両手で顔を覆った。

「それが正当防衛だったとしても、いや明らかに正当防衛なのだが安田の旦那にしたら目の前で姐さんの旦那を殺してしまったという罪の意識が十五年経った今も消えることなくそれを未だに引きずっているのだろうな」

その時五、六人の一団が笑いながら店に入って来た。

「毎度、いらっしゃい」

店主は彼女に鬱屈した思いを吐き出したせいか晴れ晴れとした様子になっている。彼女に軽く頭を下げると主人は男と女の食べた後の器をいそいそと片付け始めた。

あの男のいつも不満を抱えているような様子、もの悲しそうな影のある表情、遠目にも分かる殺気立った目線、堅気とは思えぬ洋服の趣味、それらをひとつひとつ思い起こしてみると店主の話は妙に納得できる。ひとりの男の息苦しいまでの道のりを聞いた彼女はこの数か月のあてどない彼女の旅がやっと終わったのを知った。

「お代は旦那からいただいていますから」

支払いをしようとした彼女に店主はそう笑うとさらに話を付け加えた。

「先ほど話した横浜のその組はもう既に解散してしまっているのですが、今こんな甘味処などやっておりますが実は私はその組で十七年間飯を食わせてもらっていた者で、あの日あの現場にいた数少ない証人のひとりなんです」

綱渡りのような生活をして来たことなど微塵も感じさせない温厚そのものの店主の顔を見ながら彼女は納得したという印に大きく頷く。そしてきんつばの菓子折りを大事そうに胸に抱え直すと深々と頭を下げた。

翌日彼女は早朝の岡山行きの新幹線に乗った。寝苦しい夜を悶々と過ごすうちに夏季休暇の残りがまだ三日もあることに気が付いた彼女は突如故郷の倉敷玉島の町に帰ることを決めたのだがそう思い立つと故郷への帰心《きしん》は一晩中狂おしいばかりに彼女を苦しめた。夏祭りから帰った後ビールで流し込んだバッテラとあの男に貰ったきんつばが未消化のまま時々喉元に上がってくる。

浅い眠りのまま起き出した彼女は一本でも早い新幹線に乗ろうと手ごろなボストンバックに二日分の着替えと化粧道具だけを詰め込み部屋を出ると最寄り駅の門前仲町に向かって全速力で走り出した。

今にも崩れそうだった空からポツリと雨が落ち始めたのは姫路を過ぎたあたりだったがその後岡山から山陽本線で新倉敷に着いた時には雨は本格的な降りになっていた。叩きつける雨の音を聞きながら玉島行のバスを待っている時突如彼女は子どもの頃家族とよく行った沙《さ》美海岸《みかいがん》を何故か見たくなった。快晴であったなら海水浴客でごった返している沙美の海など見たいとも思わなかっただろうがこの止みそうもない雨でほとんどの客は引き上げてしまっているに違いない。彼女はバス乗り場からタクシー乗り場に移動すると客待ちをしているタクシーに乗り込んだ。

運転手はこの雨の中を何でわざわざ沙美海岸まで行くのかと思ったのか怪訝そうに何度もミラー越しに沙耶を見る。海岸に着いた彼女は運転手に十五分ほど待っていてくれるように言うと折りたたみ傘を開き車外に出て行った。その小さな傘は横殴りの雨から全身を守るにはかなり無理があるようだが無いよりはましだろう。想像していた通りこの土砂降りで沙美の海岸は見事に無人になっている。大量の雨でほとんど水たまり状態になった砂浜に足を取られながら彼女は沙美の海と向かい合うのに最適な位置にまで足を運ぶと己を律するように叩きつける雨にやつれきったその顔を対峙させた。するとこの数か月の諸々の思いが一つの大きな哀しみとなって涙腺を押し上げてきた。

（姐さんというあの女の立ち位置にもしかしたら私がいたかもしれない）

次々と溢れ出る涙は雨と同化して首筋まで流れ込むがしゃくりあげながら彼女は海に向かって叫んでみる。

「岡山生まれの生真面目で優等生的で全く面白みのないこんな女があの姐さんのように羽目など外す訳などないし私は外せない…だから良かったのよ…これで」

最後は切れ切れになった呟きが風の中に消えていく

波打ち際に近づくと彼女は足元が濡れるのも構わずそこにしゃがみ込んだ。そして波立つ海に両手を差し込んだ彼女はその中で両手をひらひらさせたりしてひとしきり遊ぶとやがて立ち上がった。傘を差していても彼女の全身はかなり悲惨な状態になっているが彼女はそれには構わず砂に足を取られながらも気の向くまま沙美の海をあちこちと歩き回る。沙美の海を独り占めしたという満足感で昂っていた彼女の気持ちもどうやら落ち着きを取り戻してきたようだ。ようやく車に戻った彼女はあきれ顔を隠そうともしない運転手に自宅までの行き先を告げる。

「余程思い入れのある場所なんですね」

ボストンバックをひとつ下げて雨の沙美の海を見に来たという女に薄気味悪さを感じていたのか運転手はミラー越しにそう問いかけてみたもののその返事を待つでもなく彼は車のスピードを上げた。

「きんつばに練り込んだ男の骨を私は大好きなこの沙美の海に捨てに来たの」

ミラー越しの運転手の目がみるみる見開かれ眼球が忙しなく動き始めたのを彼女は楽し気に見続けながら含み笑いをしてみせる。

その朝、門前仲町のアパートを出る前に彼女は家族にその日の午後に帰省すると伝えておいたので六年振りで帰宅する娘に対して家族たちは当然ある種の期待を持って待っている。二十六歳を過ぎた娘が大都会の東京から久し振りに帰ってくるのだからめでたい話の一つや二つがあってもおかしくはないはずだと家族は信じて疑わない。

親たちは一向に帰ってこない娘をこの六年間やきもきしながら待ち続けていた訳だが上京

した当初はもしや悪い男に騙されていやしないかと毎日やきもきしていたのだが六年経った今では親たちもうちの娘を騙してでも良いから誰か攫《さら》って行ってくれないかとさえ思うようになっている。だがその肝心の娘ときたら浮いた話の一つもなくおまけに何が不満なのかこの六年間一度も故郷に足を向けようともしなかった。

ずぶ濡れで玄関に立っている娘を見た母親は娘の身に何事が起きたのかと驚愕の表情になったがしかしよく見ると娘は少し疲れているように見えるもののその顔に心底安らいだ穏やかな微笑みが浮かんでいるのを見て彼女は安心したように頷いた。

「お帰りなさい」

母親の言葉にこくんと頷いた娘は小さくただ今と呟き返すだけで昨夜から昂り続けている感情を敢えて抑え込む。実のところ彼女は今母親の胸に飛び込んで抱きしめてもらいたいと思っている。そしてその胸で声の限りに泣き叫びたい気持ちになっている。しかし六年振りに帰って来た娘は六年の無沙汰を詫びるでもなく母親が持って来たタオルで全身を拭き始めたがその手なれた手順はまるで昨日の行動の続きのようで六年の空白などまるでなかったような厚顔ぶりである。家族全員が六年振りに帰って来たはみ出し者を取り囲むようにすると腫れ物に触るようにその一挙手一投足を見守っている。

東京駅で慌てて買い求めたお菓子や佃煮やらをいろいろボストンバックから取り出した彼

女はそれで六年間の不義理をなし崩しにするつもりなのだろうか家族に向かって頭を下げると今一度「ただ今」と呟く。

六年の歳月は短いようだが育ち盛りの弟と妹を明らかに変化させていた。小学生高学年だった弟はヘヤースタイルを気にする高校生になり中学生になった妹ははにかみながら初恋を沙耶に打ち明けた。

「明日父さんの桃園見に来るか？」

遠慮がちに父親がそう言ったのは夕食が終わって父親の桃園から収穫されたデザートの桃を食べている時だった。

「今年の桃は天候に恵まれたから近年にない素晴らしい出来になってほっとしているんだがこのような年は我々としてもやりがいがあるよ」

「今は父さんの他に誰がいるの？」

長女の彼女を桃園の跡継ぎにと思っていた父親の思惑は彼女が東京に行くことで見事に外れ仕方なく今は近所の人を三人雇っていると父親は言う。

「期待を裏切ってしまい本当にごめんなさい」

「まあ、弘人《ひろと》と亜紀《あき》に期待しているがなるようにしかならないからな」

父親は彼女の弟と妹に期待をすると言うが都会に出て行ってしまう彼女のような例もある

のであまり当てにはしていないようだ。

「あと二、三年すれば弘人も亜紀も一人前になるわ」

平静を装ってそう言ってみたものの彼女の心はもし許されるのならばこの倉敷玉島の町でお父さんの傍でやり直したいんだと叫びたい気持ちだ。

「父さんの桃園、明日見に行くわね」

手を掛けてやらなければたちどころに無軌道な荒くれものになってしまう繊細な彼らをこの私の手で慈しみ育てたいと言いたいのに彼女は言うことが出来ない。

帰省して二日目、久し振りの倉敷玉島の町で彼女は少女の頃伸び伸びと遊んだ野や山をただ自転車で走りまわっては時を過ごした。

「おい、沙耶じゃないか」

父親の桃園を見た後自転車に乗った沙耶が玉島の町並みに向けてゆっくり走っていると彼女の自転車をいったん追い越していったミニバンがスピードを緩めると運転席から日に焼けた男が声を掛けてきた。男は前方の路肩に車を止めると彼女の自転車が追いつくのを白い歯を見せながら待っている。

「里帰りか？　随分と久しぶりだな」

男の両方の手には瑞々しい大きな桃が一個ずつ載せられているが男はそれを近づいてきた

彼女に差し出した。

「俊哉《としや》クン、久し振り、元気そうね」

彼女は両手にずしりと重たい桃を川本俊哉《かわもととしや》から受け取りながら彼の真っ黒に日焼けした顔を見つめた。

「それ僕たちの作品なんだ」

彼は得意そうに鼻の頭を掻くと彼女の手の平に載った桃を人差し指でそっと撫でる
「エーッ、俊哉君はどこかのサッカーチームに引っ張られたと言う話を聞いていたけれどそうではなかったの？」

「いや、プロのサッカーチームに入るには入ったんだ。だけど入って三年目の時に半月板を損傷してしまいその結果早期引退って訳さ。で、今はおやじのあとを継いで桃と農業をやっているんだが十人の共同経営なのでこれは僕たち十人の桃園の桃ということ。けっこう評判いいんだぜ」

昨夜そして先ほども父親の農園の桃は堪能するほど食べていたのだが、その手にずっしりと余るみずみずしい俊哉たちが精魂込めて作った桃を彼女は急に食べてみたくなった。彼女は手にした一つを自転車の前かごに入れるともう一つをTシャツの裾でくるりとひと撫でしがぶりと噛みついた。

「何だよ、沙耶、お前は高校生の時と全く変わってないなあ。ホント、色気も何もあったもんじゃねえな」

　桃の皮の産毛と甘い果肉が口の中でほどよくミックスされ極上の味になる。この桃は俊哉君たちが手間暇を惜しまずこの数か月十分に面倒を見た当然の結果なんだと思ったら彼女の気持ちが突然昂って思わず涙ぐんでしまう。

「何だ？　泣くほど僕たちの作った桃は美味しいってことか？」

「こんなに美味しい桃を作るなんて感激だわ。そりゃあ面倒見るのは大変だとは思うけれどその大変な作業に対して桃はこうしてちゃんと返答をしてくれるのだもの、俊哉君たちは本当に幸せな人生を送っているわね」

　仕事ぶりを褒められた俊哉は農業従事者冥利に尽きるよと照れた笑いを浮かべる。

「いつまでいるの？」

「明日の午後には帰らなくちゃあ」

「そうか、それは残念だな。共同経営者の中には沙耶の知っている奴も何人かいるから今度帰って来た時に一度遊びにおいでよ」

　少年のままの屈託のない笑顔を見せて俊哉は車に乗り込むと運転席から日に焼けた手をまっすぐ伸ばした。

「また帰って来るわ」

彼女が差し出された俊哉の手を握り返すとちょっと照れた彼は待っているからなと叫びながら車を発進させた。


娘の疲れ切っていた顔がこの二日間で見違えるほど冴え冴えとしてきたのを目の当たりにした母親は健康でいてくれさえすればこの際めでたい話などはどっちでもいいわねと夫に笑いかける。

「そうだよな、健康で親より長く生きてくれさえすればそれでいいよな」

母親がお土産にと出してくれたストック用品の缶詰や乾物や菓子などをボストンバックに詰め込み帰り支度をしていた彼女の手が止まると涙目になった彼女が父親を振り返った。

「そして一年に一回でもいいから父さんの桃園の桃を食べに帰ってきてくれたらもう何も言うことは無いよ」

「うん、分かった。これからはもっと帰ってくるようにするから」

彼女は無理に笑顔を見せるとそう言葉を絞り出した。

「ねえ沙耶、あんた、東京を引き払ってそろそろこっちに帰ってきたら?」

裏庭でとれたイチジクの皮を剥きながら黙って二人のやり取りを聞いていた母親はくぐもっ

た声を出す。

「あんたはこの町の何もかもが嫌いで逃げるようにこの町を出ていったはずなのに、この二日間のあんたの行動を見ているとあんたはやっぱりこの町が好きでたまらないのじゃないかと母さんは思っているのだけれど違うかしら？」

母親に核心を突かれた沙耶は一瞬黙り込むと上目遣いに母親を見た
「そう、そうなの。私は母さんの言う通り岡山県人の生真面目で優等生的で冒険を好まないそして少しの面白みもないそんな性格を嫌って岡山県人にはなりたくない！　この町でなんか死ぬのは真っ平だと散々悪態をついて逃げるように東京に出て行ったのに最近は狂おしいほどに岡山のことを思っていることがあるの」

「そうよ、肩ひじを張ってないで帰ってらっしゃい」

母親は笑いながら皿に載せたイチジクを彼女の前に置いた。

「うん、こんな当たり前のことが分かるのに六年もかかってしまったけれどね」

彼女は下を向くと小さく呟いた。

沙耶はここ数か月、いや、初めてあの男を見た三月の始めからの半年余りをこの世であってこの世ではない不確かな世界に漂っていたような気がしている。あがけばあがくほど何かに引きずられたまま彼女は未知の昏《くら》く果てしない世界の更に奥深くに迷い込んでしまった心地がしていた。あの男を見てからの彼女は自分の心根《こころね》が自分でも制御できないほど手荒く変化していくのを感じていたがしかしそれは彼女の潜在的な《隠れた部分》であったから誰にも見せることもなく何とか無事で毎日を過ごせてはいた。しかしあの男に出会ってからはその《隠れた部分》が誰に憚することもなく本来のありのままの自分に立ち返ろうと画策しているのが彼女には恐ろしかった。

いつも日暮れと共に不機嫌そうな顔で現れる男は夜明けと共に帰って行く。二十六年間の彼女の人生であの種の男を彼女は見たことがなかった。別世界でしか知り得ないような得体の知れない男が突然目の前に現れ、彼女は底なし沼に落ちこんでいくような気もして怖くなる。彼女は己でない己に戸惑っていた。

あの男の棲む魔界からどうにかして這い出そうかと思う彼女は今まで思い出しもしなかった倉敷玉島の山や川のことを無理に思い出すようにしては野暮な少しの面白みもない岡山の田舎娘に立ち返ろうとした。所詮私はあの男と同じ世界には住むことなど出来るはずはないのだと彼女は自分に言い聞かせる。倉敷の玉島新町で生まれ育った田舎者の私があの容赦なく人の心臓をえぐり弄ぶような心に鋭利なナイフを隠し持ったあの男とは不釣り合いに決まっている。

そんな定かならぬ日々をさまよっている時に門前仲町の夏祭りがあった。あの甘味処の主人から聞いたあの男の過去は見事なまでに魔界の入り口に立つ彼女をこちらの世界に引き戻してくれた。あの男とこの先もずっと逃げるような生活を送るあの姐さんはもしかしたら自分だったかも知れない。沙耶は甘味処の主人からひとりの男の息苦しくなるような道のりを聞いた後にこの数か月続いていた終着駅の見えないあてどない旅がやっと終わったのを知り体中の力が抜けていった。彼女はその後何度もその瞬間を思い出し何者かに向けてありがとうと呟かざるをえなかった。

その時彼女は倉敷の玉島の暮らしが私は好きなのだと呟いてみたが確かにそれは間違いではないことなのだ。あの男を始めて見てから彼女の気持ちは倉敷玉島の嫋《たお》やかな空気を確かに一層懐かしく思うようになっていた。岡山に帰ろう、そう思った彼女は夏休みの残りの三日間を父と母のいる岡山倉敷に帰って来た。

八月の最終土曜日のその日も往く夏を惜しむかのようにけたたましく蝉が鳴くうだるような暑さだった。その朝の裏通りを通る大きなエンジン音は滅多に大型の車の通らない狭いこの裏通りには珍しいことだ。彼女はある予感を覚えて食べていたトーストを皿に戻すと急いで裏通りに面した窓から外を覗いてみる。裏通りを通り過ぎた軽トラックは大きく揺れながら既にかなり遠くまで走って大通りへ続く小道でカーブを切ったところだった。きょうはあの夏祭りから五日目、遠目で見てもトラックの小さな荷台には引っ越し荷物らしきものがうず高く積まれているのを見た彼女は甘味処であの男が言っていた近々引っ越すと言っていた日はきょうに間違いないと確信した。

当てもなく流れるままにあの救いがたき男と女はいずこへか行くのだと思うと彼女は少しばかり切なくなってくる。引っ越しの荷物を送り出した彼らは間もなくこの路地裏を通るはずだと確信する彼女はこれまでのように窓際に身を隠したりはしない。とそこに麻のスーツに黒シャツそしてベージュのネクタイを締めた男と並んで黒地に水玉のワンピースそしてハイヒールを履いた女が黒い日傘を差してやって来た。男は必ずこの二階を見上げるはずだと確信している彼女は手すりから身を乗り出してその瞬間を待っていた。彼女の思惑通り彼女の部屋の少し手前までやって来た時、男は小手《こて》をかざすとまぶし気に二階を見上げた。それを見た彼女がひらひらと手を振ってみせると男の不機嫌そうないつもの顔の口元が僅かに引き上げられたがただそれだけだ。

二人は急ぐでもなく今は消灯されている街灯の下を通り小道へ差し掛かるが彼女はずっとそれを目で追っている。

（ありがとうそしてさようなら、安田の旦那）

その時背中を見せていた男の右の手の平がくるりと回転したかと思うとそれが彼女に向かっ

て二度三度グーパーを繰り返した。

それから一か月が経って秋風が吹き始めた頃、出版会社を退職した沙耶は六年間の東京暮らしをやめて倉敷の実家に帰って行った。

花火

エレベータを降り宿泊する部屋へと足を踏み出す秋川鉄矢《あきかわてつや》の足元は何とも覚束ない。彼の不安定な体は長い廊下を行きつ戻りつ壁にぶつかりながら進んでいたが力尽きてしまったのか部屋の手前で頽《くずお》れてしまった。

「勘弁してくれよ、吃音《きつおん》の次は足萎《あしな》えかよ」

いまいまし気に呟いた彼はそれでも渾身《こんしん》の力を振り絞るとどうにか体を立て直してみせる。しかし足に力の入らない彼は壁に体をもたせ掛けると残りの廊下を壁伝いに歩き出したがその歩みは遅々としたものだ。通常であれば一分とはかからない廊下を五分もの時間をかけてどうにか部屋に辿り着いた彼はそのままの服装でベッドに倒れ込んだ。

その日は衆議院議員選挙運動期間の三日目にあたり立候補者である長身痩躯、野性味にあふれる鉄矢の唇から紡ぎ出される言葉は観衆を遍《あまね》く酔わせ、三日目の今の時間は彼のトップ当選を確信している多くの応援団に囲まれて彼も最高に昂揚したご機嫌な時間を本来であれば過ごしているはずであった。しかし彼をそうさせない異変は選挙戦第一日目の午後に突然始まった。その突然の吃音を彼自身も最初はそれほど深刻に受け止めておらず滑舌が悪くなったのも風邪か何かのせいに違いないと思っていた。

二日目も彼のその状況は変わらなかったが言葉に詰まりながらも彼はその日の運動は何とかやり過ごし聴衆は彼に対して多少の違和感は持ったものの何とか隠しおおせることは出来

た。しかし彼の少しずつ悪くなっていく様子を目の当たりにしていたスタッフたちは明日からのことを考えない訳にはいかず全員が不安になっている。その夜は鉄矢も交えたスタッフ一同の緊急会議を開いてみたものの彼自身もどうしてそのような酷《ひど》い状態になってしまったのか分からないまま話は堂々巡りをするだけで何の解決策も見つからない。

「頭が痛いとか手足が痺れるとかそのようなことは無いのですか？」

脳の異変をまず心配したスタッフは彼にそう聞くが彼にそのような兆候は見られない。滑舌が覚束ないだけで立ち居振る舞いは今までと変わることはないので黙っていれば彼が今とほうもない悲惨な状況に置かれていることなど傍目《はため》には全く分からないだろう。

「先生、先生はご不満だとは思いますが明日からは選挙カーの上での演説はやめにして車の中から手を振る作戦でいくより仕方ないですね」

秘書の伊野慶太郎《いのけいたろう》は鉄矢の顔色を窺《うかが》いながら今の状況での最善策と思えることを口にしてみる。

「ど、ど、どうすれば良いのか正直僕にも分からないよ」

途方に暮れた鉄矢の顔が泣き出しそうに歪んでいる。

「明日になって先生の調子がいくらか良くなっていたら急遽選挙カーの上で演説して頂くことになるかもしれませんがとにかく明日の様子次第ですね」

スタッフたちも当てにならない回復に僅かな望みを託すより他の方法が見つからない。

そして選挙戦三日目のその日も彼に回復の兆しは全く見えず彼は不承不承《ふしょうぶしょう》ながら伊野の提案を受け入らざるを得ない状態になっている。選挙カーの助手席に乗り込んだ彼は目いっぱいの笑顔を作るとただ手を振ることだけに専念した。しかし原因不明の彼の吃音はその日も時間が経つほどにますます無様《ぶざま》な様相を見せるようになってきておりスタッフたちが僅かな期待を掛けていた選挙カーの上での演説は諦めざるを得なくなった。

彼の歯切れの良い演説と優雅なその立ち居振る舞いを見たいと思っている支持者たちは常とは違った彼の選挙運動のやり方にいささかの違和感を持つものの鉄矢の状態がまだそれ程切羽詰まったものだは思ってはいない。

「こちらは秋川鉄矢でございます。ただいま秋川本人がご挨拶に伺っております。どうか皆さま、ご支援を賜りますようお願い致します」

ウグイス嬢の声に選挙カーから身をのり出した彼が唯一出来ることといったら満面の笑顔で道行く人に思い切り手を振ることだけだったが既にそれも限界だった。

「た、た、たおれそう…だ」

眩暈《めまい》をおこしたのか唇を震わせた彼はそのまま背もたれに力なく寄りかかってしまう。それでもそのような不安定な状態での選挙運動も何とか午前中はやり過ごすことは出来た。しかしその日の午後ともなると彼の不調は言語だけにとどまらず体全体の強張《こわば》りも出て来て手を振ることさえもままならなくなってきた。一段と悪い状態になっていく鉄矢の様子に伊野はこれ以上彼に無理をさせる訳にはいかないと判断し彼を選挙カーに乗せたまま急遽《きゅうきょ》宿泊先のホテルに向かったのだ。

「つ、つ、つまらない心配をかけちゃったね」

青ざめた顔のまま鉄矢は無理に笑ってみせる。

「奥様に連絡したら奥様は八時まで目いっぱい市内を回るそうです。ですから先生はゆっくり休んで明日に備えて下さいとのことでした」

「うん、分かった。ありがとう」

その体調の悪さは今までに感じたことがないものだったがそれは選挙戦前からの溜まりに溜まった疲労が堰を切って彼に襲いかかったという感じだった。

ホテルのエレベータを降りた鉄矢が不安定な足取りで宿泊する部屋にやっと辿りつきベッドに倒れ込んでどれ程の時間が経った時だったろうか彼は誰かに揺り起こされでもしたかのように突如目が覚めた。

三日前の選挙戦の初日に彼はある気掛かりな出来事に遭遇し気になりながらそれをすっかり忘れてしまっていた。だが彼は微睡《まどろみ》の中でその気掛かりなことを突如思い出し目が覚めたのだが選挙戦初日の気掛かりなことを何故今まで忘れていたのかというとその後に彼の身に突如降りかかった吃音という予期せぬ事態にあれからずっと気を取られてしまっていたからだ。最初にその違和感が起こった時彼は口の中で舌をクルクル回してみたり唇を曲げたり尖《とが》らせたりしてその異常の原因を突き止めようとしてみたものの何ひとつ解決できないままその突発事故にかかずらうことになってしまい、結果その気掛かりな出来事のことは失念してしまったという訳だ。

三日前、秋川鉄矢の衆議院議員選挙の第一声は青春期を過ごした静岡で始まった。まだ四十代という若さでありながら弁が立ち姿かたちも良くその上爽やかな雰囲気を持つ彼は地元静岡では絶大な人気があり選挙戦初日の土曜日の駅前は大勢の人が彼を一目見ようと詰め掛けている。彼の一挙手一投足に皆がため息をつきそして彼の唇から出る演説に陶然とする。彼は群衆の不公平感を煽らないためにその視線が駅前広場中に行き渡るように心掛けている。彼の話は中盤から後半に差し掛かっているが彼の所属する政府与党に批判的な人たちも何故か彼が次世代の政権与党を担うホープであるにも拘らず彼にだけは一つの野次《やじ》も飛ばそうとはしない。

彼があと数分で決め台詞を言って演説を締めくくろうと考えながら静まり返った群衆を見回していたその時異様な動作を繰り返す一人の女が彼の視界に入ってきた。整然としている広場の雰囲気を乱さないために彼はその親指と人差し指で作った丸を高く掲げしきりに振っている長い黒髪の女に視線を固定することなくそれまで通りに視線を流していった。知り合いの人かとも思い彼は目を凝らしてみたものの一瞬のことなので女の年の頃も判然としない。知り合いであればたぶんこの後車の所までやって来て声を掛けてくるはずだと思いながら彼は最後の締めに話を持って行く。やがて演説が終わりに近づき彼の視線は再度あの派手な動きをする女のいた場所に戻って来たのだがその女はどこへ消えてしまったのか既にその姿はなかった。

彼の滑舌にちょっとした違和感が表れたのはその日の午後からだった。彼の魅力の一つでもある歯切れの良いその口調に僅かな支障が出始めたのだが鉄矢本人でさえ多少違和感を覚える程度のものでその日の選挙運動はつつがなく終わることが出来た。しかしそれも二日目になると周りの人たちも明らかに異変を感じるようになり三日目には誰にも分かる吃音症になっていた。

彼の脳に重篤な何かが起こったのではないかとスタッフもパニックになったものの病院での検査の結果そのようなことはなく結局は選挙戦の心的ストレスからくる獲得性吃音《かくとくせいきつおん》という判断が下されたがそれは子どもの時に起こる発達性吃音症《はったつせいきつおんしょう》と違って成人してからしばしば発症することもある吃音症だそうだ。

気になりながらいつの間にか忘れてしまっていたあの日の女のことを彼は選挙戦三日目のその日になって突如思い出したのだが、あの群衆の中で親指と人差し指で作った丸を彼に向かってしきりに振っていた髪の長いあの女はいったい誰だったのかと思ってみる。すると記憶の中に遥か遠い昔に駅前広場のあの女と全く同じに親指と人差し指で作った丸を高く掲げ懸命に振っていた人との別れを彼は今鮮明に思い出している。

静岡県の海沿いにある小高い丘の上に建つその中学校では大きな体育館を包み込むようにドーム状の図書室が据え付けられている。しかし収蔵する図書の内容も数も充実しているその図書室を授業以外で活用する生徒があまりいないのは、その中学校が多くのスポーツ選手を輩出している学校にありがちな文科系よりも体躯系の指導に重きを置いているせいかもしれない。だが運動そして友だちとのコミュニケーションも不得手な秋川鉄矢にとっては人の出入りがほとんどないその図書室は昼休みを一人で過ごすには恰好の場所だった。昼休みの一時間を彼がそこで過ごすのは中学に入学して間もなくのことで二年になった今ではすっかり習慣になっている。

その日も昼休みのチャイムが鳴ると同時に鉄矢は図書室に向かい鉄製の外階段を一段おきに駆け上ると勢いよくドアを引いた。その時丁度借りていた本を返しに来たらしい女子学生とすれ違ったがドアが閉まった図書室はその日も二、三の人の気配がするだけで静かなものだ。彼が自分の定位置と勝手に決めている場所は入口のドアから最も離れている校庭側の席だが彼はいつものようにそこに座ると窓ガラスを僅かに引いた。優しく吹き込んできた風が鉄矢の頬を掠めていくがそれがどことなく湿っぽいのはたぶん二日前に梅雨入りをしたせいに違いない。曇り空のその日も校庭では生徒らの走り回る騒音と共に甲高い声が時折聞こえてくるがパンを食べながら既に読書に集中している彼には何ほどのこともない。

本を読みながら彼が二つ目のパンに手を伸ばしかけた時彼の座っている長テーブルを誰かが軽く叩く振動が伝わってきた。

「ねえ、私はサーコだけど秋川君はターくんなのよね?」

そう声を掛けてきた赤澤美憂《あかざわみゆ》は一か月前に東京から転校してきたばかりのどこか都会の匂いがする謎めいた雰囲気を持つ少女だったが男子生徒たちはそんな彼女が気になりながらも何となく近寄りがたく思っている。

長テーブルの一番端に立つ美憂の肩までの髪が吹き込む風に優しく揺れている。彼女の腕には「ダリ」の画集が抱えられているが彼女はその分厚い画集をテーブルに静かに置くと彼に目をやったまま椅子を引くがしかし彼女が何を言っているのか理解できないままの彼はただ胡乱な目で彼女を見返した。

「た、た、ターくん？　僕が？」

クラスの誰かと間違えているのだろうと思う彼は素っ気なく首を振る。

「分かるでしょ？　私はサーコよ」

なおも食い下がる彼女は席を彼の隣に移すとその涼やかな瞳で彼を覗き込みそして囁く。

「さ、さ、さわがないで」

得体のしれない不気味さに思わず立ち上がりかけた彼の学生服の裾を美憂はとっさに掴むと思いがけない力で彼を椅子に座らせる。

「ちょ、ちょ、ちょっと驚いた？」

彼女の連発《れんぱつ》（繰り返し）に彼の目が大きく開かれると彼は得心したように頷いた。

「もしかしたら君もそうなの？」

彼女の笑顔がはじけた時けたたましい笑い声と一緒に鉄の外階段を数人の男子が駆け上がってくるのが聞こえた。すると素早く立ち上がった彼女は二列後ろの席に移動すると何食わぬ顔でダリの画集を開いた。

それまで鉄矢の吃音《きつおん》を面と向かって誰ひとり口にすることはなかったというより誰もが故意にその話題には触れないようにしていたのが本当のところだろう。本来であれば彼のその個性は同級生たちの揶揄《からか》いの対象になるはずだったが彼の頭脳の明晰さと容姿からくる爽やかな雰囲気とがそれをさせなかったし同級生たちはむしろクラスでの彼の類《たぐい》まれなる統率力を頼りにしているところがあった。

しかし平然としているように見えても彼が自分の吃音を気にしないはずはなく家に帰ると自室に籠りメソメソと泣くのも一度や二度ではなかった。しかしその日吃音症の話を直截《ちょくせつ》にぶつけてくる人に初めて出会って彼は正直驚いている。神秘的で近寄り難かった赤澤美憂が自分と同じ病を抱えているというのも驚きであったがそれよりも彼女に真正面から吃音の話を振られたことでそれまで負の部分としか捉えていなかった持病に対する彼の拒否感が柔らかく解れていくのが不思議だった。

吃音症の人には五十音図《ごじゅうおんず》で発音が苦手なそれぞれの「行《ぎょう》」があり、彼女の見立てによると鉄矢が「タ行」そして美憂自身は「サ行」で吃音が出るということで彼女はそこで彼には「タ行」のターくんそして自分自身は「サ行」のサーコという命名をしたという訳だ。

実際彼は日常生活で「タ行」での発語《はつご》が滑らかに出来ず発語がタ行になる場合はどうしても顔をしかめたり拳《こぶし》で自分の腿を叩いたりして発語を促す傾向がある。教室でもその一連の行動は隠しおおせるものではなく、教師に指《さ》された時には彼の一挙手一投足がクラス全員の注目の的になるのは毎度のことだ。

教室ではそれまで私語を交わしていた人たちも彼が話さなければならないその時ばかりは

一斉に口を閉ざしそして下を向くと彼の発語までの髄伴運動《ずいばんうんどう》を全員が固唾《かたず》を飲んで見守ることになる。彼より前面の席にいる数人は下を向いたままの首を巡らすと上目遣いに彼を見つめ鉄矢の顔が苦し気に歪み僅かに身をよじって発語に辿りつくと安心したように大きく息を吐き出す。

「と、と、富山県です」

そう答えて彼が着席するのと同時にクラス中に安堵の空気が緩やかに流れる。

それは美憂が東京から静岡のその中学校に転向してきて三日目の社会科の授業で始めて見た秋川鉄矢の姿だったが彼は固い表情のまま少しはにかんだ様子を見せると椅子をガタガタいわせながら席に着いた。

(彼はターくん、私と同じだ)

彼の斜め後ろの席に座っている美憂には発語に苦しむ鉄矢の体の一部に異様な力が入っているのがはっきりと見て取れる。

彼が美憂と初めて会話を交わしてから一週間が経った。彼が図書室に毎日行くのは今までの習慣で別に不思議でもないことだが美憂はあの日以来図書室には姿を見せていない。しかしあの日以来図書室に行く彼の目的は本を読むというより美憂を待っているというのが本当のところかもしれない。一週間前美憂も彼と同じ吃音症という病を持っていることを彼が理解した時笑い声と一緒に鉄の外階段を数人の男子が駆け上がって来たことで二人の話はやむなく中断されてしまったのだが彼としては中途半端に終ってしまった美憂との話の続きをあれからずっと待ち望んでいたのだ。

クラス内では彼の障碍《しょうがい》に対する嫌がらせ等は一切なくむしろ皆が彼を労わるという感じなのだが彼にとってはその心遣いが却って心苦しく感じられる。この病いは誰にでも理解してもらえるものではないというもどかしさを抱える彼の前に美憂というそれを分かってくれる人が現れたということだけで彼の心の中には大きな力が湧いてくる。

教室では斜め後ろに座る彼女とは話そうと思えばいつでも話せるのだが彼は発語までの煩わしさを思うとどうにも億劫になってしまう。

その日も本を開いてみたものの目は本のページを追っているだけでただ時間だけが過ぎていく。美憂は最初の時のようにその日も物音を立てずにやって来ると窓際に座る彼の長テーブルを小さく叩いた。そして鉄矢から三人分の席を空けて座った彼女の腕にはその日も分厚いダリの画集が抱えられている。

「ダ、ダ、ダリが好きなの？」

最初の時も彼女がダリの画集を抱えていたのを思い出した彼はそう聞いたものの待ち望んでいた美憂の出現に彼の声は上ずる。

「うん、ダリの世界って本来私が住むべき世界のような気がしていて、だから時々私絵の中に還って行きたくなるの」

彼女の言うことが理解できないまま美憂が彼の方に向けた画集の「溶けた時計」を彼はまじまじと見つめる。

「今の世の中にいるのが辛いの？」

彼女はそんなことはないわと小さく笑う。

彼は「サ行」で吃音が出るサーコであるはずの美憂がそんなことないわと滑らかに発音するのに敏感に反応すると不満そうに首を振った。

「ターくんは私がサ行をつっかえずに話せるのかが不思議なのね」

彼はその通りだというように大きく頷く。

「私が吃音症になったのはテレビドラマの吃音症の男の人の真似をしたせいなの」

五年ほど前に小学生の間でブームになった根性ものの連続テレビドラマを思い出した彼はその題名を口にする。

「僕ら当事者からしたらあそこに出ていたあの男の人の演技はわざとオーバーにそれらしく見せているのはすぐ分かる」

「でも私にとってはあの俳優は凄い先生だったのよ」

確かに彼女がその連続ドラマを見続けて実際に吃音症になったのであるならその俳優は凄い先生だったのだろうと納得すると彼は素直に頷く。

「私が面白がって毎日真似をしていると、お母さんはもういい加減にしなさいと怒ったけれど、でもいけないと言われれば言われるほど面白くて真似をし続けているうちにある日言葉がスムースに出なくなっているのに気が付いたの」

「サーちゃんになってしまったんだね」

スムースに友だちと話せない劣等感から教室では寡黙でいるより方法のない彼も美憂が同じ病気であるという安心感からかその日は饒舌だ。

「で、で、でも、今はサーちゃんじゃなくなったんだ」

鉄矢は焦《じ》れたように自分の腿を叩きながらそう呟くと問い質《ただ》すように彼女の方へ身をのり出した。すると彼女も彼の方に身を乗り出すと右腕を真っ直ぐに伸ばしその握っていた右手を開いて見せる。

「私の場合は発語しようとする時に必ず右手を力いっぱい握っていたから、ほら手の平にこのようにタコができているわ」

目の前に開かれた彼女の小さな手の平を彼はじっと見つめていたがおずおずと伸ばした人差し指でそれをなぞってみる。

「これでも随分と柔らかくなったのよ」

　髄伴運動をする必要がなくなった今彼女は手の平のタコが以前と比べて柔らかくなってきたと言いたいのだろうがそれなら髄伴運動をしなくなるためのどのような対処方法があったというのだろうか。

　その時外階段を上って来る人の影がガラス戸に映ったのを見た美憂は慌てて腕をひっこめると画集を手にして立ち上がった。

　鉄矢には美憂の手の平の鎖状に並んだタコの衝撃度は強烈なものだった。彼の人差し指には彼女の手の平のその固くなった皮膚の感触がまだ残っている。彼女は随分柔らかくなってきたと言っていたがそれはいつの日にか消え去るということなのだろうか。彼にとっては美憂がいかにして随伴運動をしなくて済むようになったのか興味のあるところであるし、彼女が髄伴運動をしなくなったということは既に彼女は吃音症が寛解《かんかい》したか完治したということで間違いないのだろう。

　彼女が教室で友だちと楽しそうに笑い合っている姿を見て彼女が過去に吃音症を患っていたことがあると思う人は皆無だろう。しかしあの小さな手の平に走る鎖状のタコを見た彼には長い年月彼女が発語するまでの数秒間にどれ程のストレスを抱え手の平を握り締めていたのかが良く分かる。

彼は斜め後ろの美憂に幾度となく話しかけようと試みるがその機会は誰もいない時だけに限られるため大勢の生徒が動き回っている教室でそのようなチャンスは無いに等しい。彼が吃音症なのはクラス全員の周知の事実であるが過去のこととはいえ美憂が同じ病《やまい》であったことは誰も知らない。そのような状況で彼が彼女に話し掛けることは最悪の場合それを公表することになりかねない。そのようなことは避けなければならないし彼女にしてもそれは秘密にしておきたいことに違いないだろう。

「私、調べることがあるからきょうのお昼は図書室で食べるわ」

昼休み前に美憂がクラスメートにそう言っているのを耳にした彼の気持ちは必要以上に昂《たか》ぶっている。彼女はことさら大きな声で話していた訳でもなかったのに美憂の一挙手一投足を気にしている彼にはその小さな言葉さえもが明確に聞き取れたのだ。

いつ、どのような方法で彼女が吃音症を克服したのかその過程を具《つぶさ》に知りたいと思いながらもこの十日間彼はただ想像を膨らませ悶々としているだけだった。

その日急いで昼食を済ませた彼が図書室に走って行くと彼がいつも座っている指定席には美憂が座り隣の女友だちと広げた数冊の画集を見比べている。美憂が一人で来ているとばかり思っていた彼は当てが外れたことに落胆しながらも楽しそうに話している二人を睨みながら二列隔てた横の席に座った。

「私はこんな目が一つしかない絵なんかちっともいいとは思わない」

美憂が指さすピカソの絵に対して女友だちが口を尖らせてみせるのに美憂はこの絵の良さをどうして分かろうとしないのだろうとわざと嘆いて見せる。何の滞《とどこお》りもなくあのように人と会話が出来るようになりそして手の平の鎖状のタコが徐々に薄くなっていった何年間の話をきょうは聞きたかったのにと恨みがましく彼は唇を噛んだ。

「じゃあさ美憂、秋川君はどう思うか訊いてみようよ」

女友達は美憂の意見にはどうしても承服できないとばかりに第三者の鉄矢に判断を求めようと思いついたようだ。

「ねえ、秋川君。美憂がピカソの作品は素晴らしいって言うのだけれど秋川君はピカソをどう思う？」

美憂が友達と一緒だったという予想外の展開に不貞腐《ふてくさ》れてみたものの彼は本など読む気にもなれない。仕方なく彼は二人の会話に耳をそばだてていたのだが彼に振られた突然の質問に盗み聞きをしていたことなどはおくびにも出さずに顔を上げる。

「えっ？　何か言った？」

彼女は彼が二人の話を聞いていたなど少しも疑わず同じ質問を繰り返すと画集を掲げピカソの代表作『泣く女』を彼に見せる。

「目が一つしかないこの絵、秋川君どう思う？」

女友だちは作品を見ながら気に入らないと言わんばかりに右に左に首を傾げている。

「ピカソの作品は直截に心に響いてくる感じがするので僕も赤澤さんと同じに好きだよ」

「じゃあ、美憂はダリも好きだって言うのだけれどダリはどう？」

先日美憂はダリの世界って私が本来住むべき世界のような気がすると言っていたが実際いま画集を広げてそれを彼に見せている美憂がこの世とあの世との結界をいともやすやすと超えて行ってしまいそうな気がして恐ろしかった。

「ダ、ダ、ダリの世界は実際のところ心の弱っている僕には何だか取り込まれてしまいそうで好きになれないし怖いよ」

女友達は彼の言葉を聞いて同類がいると少し安堵したのか軽く頷く。

「美憂はね、まだ中学二年なのにもう将来を考えているのよ」

「ふーん、赤澤さんは将来画家になりたいの？」

美憂は恥ずかしそうに微笑むと秋川君はと尋ねる。

「僕は政治家になりたいんだ」

家庭の不和を抱える彼は自分と同じようにそのことで悩み悲しんでいる子どもたちには政治の力が必要だと思っている。

「世の中を変えるには理想論ばかり言っていても何も変わらない。それには実際の政治の世界に飛び込んで体を張ることをしないとね」

「凄いのね。でも秋川君ならきっとなれるわ。私たち応援するから頑張ってね」

話すこともままならない自分には所詮政治家など夢のまた夢で終わることだと思いながらも二人の励ましに彼は素直に頷く。

彼は自分が吃音症に陥った原因を自分なりに理解している。彼が小学校の高学年になった頃母親が突然それまでの母親とは考えられないほどに元気を無くしてしまったのだ。それまでは活動的だった母親は彼が学校から帰るとテーブルを前に何故かぼんやり考えごとをしていることが多くなり彼の顔を見ると無理矢理笑顔を作りのろのろと行動を起こしたりする。それに比例してそれまではどんなに遅くなっても必ず家に帰って来ていた会社員の父親が外泊をするようになってそれは三、四日に一度の頻度の上週末は必ずといって良いほど帰ってこないのが当たり前になっている。父親と母親が言い争いをしている声で夜中に目が覚ます毎日を彼は送っていたが両親の顔色を窺いながらの毎日は彼を極度のストレスにさらすようになり気が付いた時彼は上手く話すことが出来なくなっていた。母親は彼が話そうとするときに顔をしかめたり手の平で大腿部を叩いたりする異常行動に気付きすぐに病院に連れて行ったもののチック症の一種だと言われ医者からご家庭に精神的なストレスがかかるようなことはありませんかと指摘された。この病気は対処療法では解決できる話ではなくそのストレスとなっている原因を除去しなければ解決できませんと医者は続けた。

夫との問題が原因だと分かっている母親は不満を吐き出すことよりも内に籠る選択をしたようで、今まで通りの優しい母親の顔で彼には接してくれるのだがそれがまた鉄矢にとっては一層のストレスになっていた。

六月も末になり彼はその日も図書室で読書をしていたがこの頃は美憂が来ようが来まいがあえて彼は気にしないようにしている。昼休みが十分ほど過ぎた時外階段をリズミカルに駆け上がってくる足音がしたかと思ったら鼻の頭に汗をかいた美憂が荒い息を吐きながら図書室に入って来た。

「良かった、誰かいたら困ると思っていたけれど今日は誰もいないわ」

そして彼の前の列の椅子を移動させ彼と向かい合わせに座ると手に持っていた一枚の紙を彼の前に置き彼の目を見つめる。

「私がテレビドラマの俳優の真似をして吃音症になったのと違って秋川君の場合はそんな単純なものではなく多分に精神的な要素がある症例だと思うの。たぶん今までいろんな病院に連れて行かれいろんな治療をしてきたと思うからもう何もしたくないという気持ちは分かるけれどやって欲しいの。私が自分の吃音症を直した方法が秋川君にそのまま通用するかはちょっと不安だけれどとにかくやってみましょうよ」

一気にそれだけ言うと両手を伸ばした彼女が彼の両手をその手に優しく包み込んだ。そして彼女は包み込んだ手を自分の額に当てると三度祈るように呟いた。

「絶対治る、絶対治る、絶対治る」

突然手を握られた彼は何が起きたのか理解できないままただ呆然と彼女を見つめていたがその顔は上気《じょうき》したように真っ赤になっている。

「おまじないよ」

「おまじない？」

「そう、八百万《やおよろず》の神《かみ》にターくんの病気が治りますようにってお願いをしたの」

飛び抜けて都会的に見える美憂が八百万の神などと時代がかったことを口にしたので彼は思わず吹き出してしまう。

「だって一神教の神様より多神教の神様の方が効き目はありそうだと思わない？」

彼女は無邪気にそう言いながらテーブルの上に置いた紙を指し示したがそこには縦書きで五つの言葉が書いてある。

た…たいこ

ち…ちからもち

つ…つらら

て…てんじょう

と…とらたいじ

紙を見つめたまま首を傾げる彼に彼女が秋川君はターくんなんでしょと笑う。

「あっ、そういうことか」

そこに書いてある文字は鉄矢が苦手としている「た行」で始まる言葉ばかりだ。

「た行の言葉はまだまだたくさんあるけれどとりあえずきょうはこれをしてみましょうね」

彼女は紙を彼に向けて立てかけるように持つと彼と向かい合った。

「私の目をしっかり見ながら軽く鼻から息を吸って……、ハイ、そこで一秒間息を止めてから次に口から息を吐き出しながら《たいこ》って言ってみて」

しかし彼の苦手な「た行」の発語は吐く息と同時にスムースに流れ出てはくれない。彼の左手は左腿《ひだりもも》をしきりに叩き唇は空しく上下する。

「た、た、た、たいこ」

彼は羞恥のあまり赤面した顔を下に向けたがテーブル上の手は強く握られ震えている。

「無理に言葉を出そうとすると体に力が入ってしまうから吐き出す息と一緒にふわっと出してあげるの」

体全体にどうしても力が入ってしまう彼は荒い息をつく。

「じゃあ、きょうはここまでね」

そう言ってやっと彼女が彼を解放したのは彼に紙に書いた五つの単語を二回ずつ復唱させた後だった。そして彼女は親指と人差し指で作った丸を彼に向け左右に振るときっと良くなる、また明日ねと言いながら軽やかな足取りで出て行ったが予期せぬ昼休みに心を乱された彼は放心状態になっている。

美憂の前であのような無様な姿をさらさなければならなかった彼は怒りが収まらない。何の権利があって彼女に発語が苦手な「た行」を言わされなければならないんだ。八百万の神様とか何とか言いながら彼女は体を痙攣させ連発を続ける僕を陰で笑っているに違いないのだ。今日みたいな訓練は母親に連れられて行った「吃音矯正教室」で嫌になるほどやらされてきたじゃないか。彼女が吃音症を克服したというから彼女が編み出した何か特別な秘伝でもあるのかと思っていたのにこんなことだったのか。

（やめやめ。もう二度と僕はきょうのような特訓に付き合う気はないからな）

夜、勉強が一段落した彼の脳裏にきょうの屈辱の瞬間が甦ってくる。だが数分後に思い直した彼はカバンに放り込んであった美憂の手書きの紙を取り出し机の上に広げた。そして書かれた文字を暫く睨んでいた彼は五つの単語を頭の中で反復していたがやがて姿勢を正すと軽く息を吸ってみる。

軽く息を吸ったところで息を一秒止めて！　そして吐き出す息に言葉を乗せるのよと美憂の声が聞こえてくる。彼の端正な顔が歪み左手は忙しなく腿を叩いている。

「た、た、たいこ」

いま一度彼はゆったりと呼吸をしてみる。

「た、た、たいこ」

何度やっても音は微妙に震えるだけで彼を落胆させるばかりだ。諦めた彼は大きなため息の中で紙をくしゃくしゃに丸めると机に突っ伏した。もういいよ、今までこれで生きてきたのだからと呟く彼の目の回りには疲れ切った中年男のようなクマが出来ている。

翌日、三時間目の授業で音楽教室へ移動する時彼の傍に近づいてきた美憂が彼の耳元へ図書室で待っているからねと囁いた。彼は拒否するように首を大きく振ったものの彼女は彼が必ず来るに違いないと確信でもしているかのような含み笑いを彼の耳元に残す。

彼は不愉快だった。あのような無様な姿を二度と美憂には見せたくないと思いながらも彼は彼女に言われるままに何故かその日図書室に足を運んでしまっていたからだ。

「ぼ、ぼ、ぼくは君に指導なんかしてもらわなくたって今までだってこれからだってちゃんと生きていけるんだからもう構わないでくれよ」

立ったままの彼は興奮のあまり発語が苦手な「た行」どころか「は行」までもが破綻してしまっている。

「昨日の夜は自宅での特訓も上手くいかなかったと思うけれど全く落ち込むことなんかないんだから心配しないでね」

彼女は昨日の夜の彼の行動など全てお見通しだとばかりに鷹揚に頷くと新たに書いてきた紙を彼の前に置いた。

た…たいやき

ち…ちきゅうぎ

つ…つばさ

て…てかげん

と…とかげ

「どうせ昨日の紙は丸めて捨ててしまったでしょうから新しく書いてきたわ」

彼は黙ったまま新しい紙を睨むと泣き出しそうに唇を噛んだまま彼女の前に座った。そして彼は不承不承頷くと軽く息を吸い込んだ。

それから十日が経ちその間図書室に人がいたり鉄矢の突然の怒りが始まったりで練習が滞ることもあったが二人は少しずつ要領を覚えてきていた。

「きょうはここまでね。秋川君の左手の震えがほんの僅かだけれど小さくなってきているのは、これは徐々に力まなくなっている良い兆候だと思うわ」

彼女にそう言われた彼は自分の左手に目をやると愛おしそうにそれを撫でてみる。

「夏休みまで三週間あるからそれまで毎日やれば何とかなると思うわよ」

その日も彼は発語までの髄伴運動《ずいばんうんどう》を何度も繰り返していたので彼は美憂の言い分が信じられない。小学校四年から四年間続いているこの吃音症がたった一か月で治るはずはないし彼自身にも良くなったという感覚は全くない。

「信じられないでしょうが私もそうだったのよ。良くなり出したら自分でも驚くくらいのスピードで改善していったの。そしてある日ふと気が付いたら「サ行」の前に深呼吸をしていないのに気が付いたわ」

彼女は辛かった昔を思い出すように少し顔を歪める。

「僕は四六時中吃音症のことが頭のどこかにあるのだけど、僕にも君のようにいつかあれっと思うような日が来るのだろうか」

「大丈夫よ。治る、治ると自分に暗示をかけ続けてね」

彼は美憂と話しているうちに全てが良い方向にいくような気がしてきている。

「て、て、手の平もう一度見せてくれる?」

彼はおずおずと上目遣いに彼女の顔を見た。
「まだ元通りにはならないけれど秋川君に最初に見せた二か月前と比べたらこんなに良くなっているわ」
彼はテーブルの上に置かれた美憂の手の平を二か月前のようにそっとなぞってみる。
「僕の心の傷もこのように綺麗になっていくといいんだけれどな」
彼女は彼がここのところろやる気になっているのが嬉しかった。
「明日また違った言葉を書いたものを作ってくるわね」
彼女は飛び切りの笑顔を見せると立ち上がった。
翌日の美憂のメモ書きには人の名前が書いてあった。
　た…たちかわクン
　ち…ちばクン
　つ…つづきさん
　て…てらうちクン
　と…とのやまさん
「私たちのクラスには千葉君と寺内君がいるけれど秋川君はこの二人に話し掛けるのは何だか苦手みたいね」

「うん、だ、だ、だからあの二人にはいつもあのぉで話を始めているよ」

「そうみたいね。私も小学校の時柴田さんと洲之内《すのうち》さんという人がいたの。困った私は二人にはねえねえって言って話を続けたわ」

二人は顔を見合わせると仲間同士の笑いをした。

「僕、昨日の夜は三十分間復習をしたよ」

「ワーッ、凄い。友だちと一緒の時は無理でしょうけれど帰り道で一人になったときなどにも練習したらいいわよ。ある日突然あれって思う日が来るのだから」

彼は素直に頷くとその日も美憂と向かい合った。

それからまた二週間が経ち明日の終業式が終われば四十日間の長い夏休みに入る。

鉄矢と美憂はこの一か月でたまった十七枚の紙を机の上に置くと顔を見合わせ頷きあった。

「きょうは通しでおさらいね」

彼女が手際よく紙を掲げると彼は少しの滞りも見せず次々とそれを読み上げていく。

「たいやき、ちきゅうぎ、つばさ、てかげん、とかげ」

鉄矢の読み上げたすべての紙を揃えながら彼女は震えながら言葉を絞り出した。

「まさか…これほど上達するとは思ってもいなかった」

切れ長の目に溜まった涙を指で払うと彼女はその指で丸を作り彼の前に突き出した。

「すべて良しよ。本当に凄いわ。おめでとう」

彼女と同じように鉄矢も右手で丸を作ると彼女の前で何度も振って見せる。

「意識しないで口から言葉が出ていく瞬間、君があれって思う瞬間が必ず来ると言っていたけれど本当だった」

「それって先週の木曜日の社会科の時間でしょ？　あの時私心の中でガッツポーズしていたのよ。秋川君が顔をしかめたり左手で足を叩いたりしないで『チリは南アメリカ大陸の西側にあり首都はサンチアゴです』なんていうのでクラスの全員が驚いた顔をしていたけど、そりゃあ、誰だって驚くわよ」

「うん、あの時はたまたま上手くいったのかと思ったから一晩寝たらまた元に戻っているのじゃないかと不安だった。翌日目が覚めた時に僕は自分の部屋を実況放送風にスケッチしていったんだ。それは母親が僕を起こしに来るたった五分ほどのことだったけれど一度も突っかかることはなくこれは本物だと思い僕は飛び上がるくらい嬉しかった。それからも日に日に良くなってあれからもう五日が経っているんだ」

その時昼休みが終わるチャイムが鳴り始めたので二人は慌てて立ち上がったがその時美憂が思い出したように一枚の紙を取り出した。

「これ私の住んでいるところまでの道順なんだけれどきょうの放課後私の町に来ない？」

「うん、いいけど…何で？」

地図を見ると彼女の住む隣町までは距離にして四キロはありそうだ。

「地域のお祭りのきょうが最終日なんだけれど秋川君と一緒に行きたいの。そしてターくんが鉄矢君に戻ったお祝いをしたいの」

そういうことかと納得した彼は笑顔を見せる。

親指と人差し指で作った丸を高く掲げると「待っているから必ず来てね」と叫びながら美憂は図書室を出て行った。

放課後、鉄矢の漕ぐ自転車は学校から四キロ離れた美憂の住む町に向かって軽快に走りを続けている。体中からは汗が吹き出しているものの自転車を走らせている間だけは前面からの風圧でいささかの涼が取れるという感じだ。この汗臭い体で美憂に会うのはどうにも躊躇《ためら》われるがそれも仕方ないだろう。

小さなその町は夏祭り一色に塗り込められてそこかしこではけたたましい笑い声と歓声が湧き上がっているがそれを聞いていた彼の気持ちも何故か自然と浮き立ってくる。待ち合わせ場所にと彼女が指定した権現神社《ごんげんじんじゃ》のイチョウの大木の下は初めてその町を訪れた彼に分かろうはずもない。しかし誰に聞いてもすぐ教えてくれるはずだとの彼女の言葉通りに、鼻の頭に汗をかいた浴衣の子どもに声を掛けると人波の先を指さしあっちへ行くとすぐ分かるよと答えてくれる。子どもに教えられたとおりに自転車を引き人波をかき分けながらいくとじきに赤い鳥居が見え権現神社が全体像を現した。想像していたよりこぢんまりとした神社の境内には華麗な神輿《みこし》が鎮座しその周りには法被《はっぴ》を着た男たちがたむろして酒が入っているのかほろ酔いの笑顔で雑談をしている。

自転車を引いた鉄矢が男たちを横目で見ながらイチョウの大木を探しているとそれらしき木の下に若草色の地に薄ピンクの花が散った浴衣に赤い帯の美憂が笑顔を見せて小さく手を振っている。学校でいつも見慣れている制服姿の佇まいと違って髪をアップに結った美憂の匂い立つような美しさに目を奪われた彼はただ含羞の笑みを浮かべるだけだ。

「まだ来てないと思っていたのに随分早かったんだね」

バスで帰る彼女はいったん家に戻り着替えてから行くと言っていたのに既に来ていることに彼は驚いていた。

「バスが意外に早く着いたの」

と言いながら良かった、来てくれてと彼女は続ける。

真夏の五時前の日差しは依然としてまだ高い位置にある。

「裏参道はどっちになるの？」

鉄矢が葉陰から照りつける木漏れ日ともいえない強い日差しを眩しそうに見上げながら声

を掛けると彼女は不思議そうに彼に目を向ける。

「いや、これから町を歩くのにこの自転車はいらないからどこかに隠そうと思ってさ」

「あゝ、そういうことなら裏参道には隠し場所はたくさんあると思うわ」

法被を着た男たちの輪は益々広がりそれに比例して彼らの笑い声も大きくなっていく。二人は横目でご機嫌の彼らを見ながら裏参道へ行く道を歩き出した。そして裏参道の草むらに自転車を隠した二人は裏門からぐるっと回って人通りの賑やかな表通りに出た。

「権現神社はすぐ分かったでしょ？」

「うん、小さな子供に聞いたんだけどすぐ教えてくれた。権現神社のためのこの夏祭りなんだから町の人なら誰でも知っているのは当然だよね」

「私もここには四月に越してきたばかりなのでどんなお祭りかは知らないの。でも聞くところによると宵宮《よいみや》には氏子たちが花灯篭《はなとうろう》を担いで町中を練り歩いて何だかとても幻想的な行事なんですって」

「へえー、見てみたかったな」

「でもお祭りの最後の夜、実はそれがきょうなんだけれどメーンイベントとして何千発という花火を打ち上げるんですって」

「えーっ、ホント？」

「それを見にわざわざ県外からも人が来るらしいから昨日と比べてきょうはこんなに人が多いんだわ」

「それはラッキーだな」

「きょう私が秋川君をこのお祭りに誘ったのはこの花火を秋川君と二人で見たかったからなの。だってターくんが鉄矢君に戻れたきょうはお祝いの日なんですもの、お祝いにはやっぱり花火をドドーンと威勢よく打ち上げなくてはね」

「僕のお祝いか…。ありがとう、ホント、嬉しいよ」

彼は横に並ぶ若草色の浴衣姿の大人びた笑顔を見せる美憂を眩しそうに見つめる。

花火の打ち上げが始まるまでの時間を二人は出店を覗いたり焼きそばやかき氷を食べたりしていたが花火を打ち上げる時間が近づくにつれ人々は河川敷の方にぞろぞろと移動を始めたので二人も皆の後について歩き始めた。

美憂の端正な横顔が張り詰めたような美しさで花火の明かりに照らし出されている。彼が吃音症という病を抱えていなかったら彼は近寄りがたい雰囲気の美憂とはたぶん口を利くこともなかったに違いない。ましてこのように二人並んで花火を見ることになろうなどとは、彼にはその現実が信じられない。

その時美憂の右手が彼の左手をおずおず探るとその手が搦められた。彼は汗でぬめった左手を思わずひっこめようと思ったものの何故か動くことも出来ずに機械仕掛けの人形のように直立不動になっていた。

長い夏休みも終わり二学期が始まったが、鉄矢の斜め後ろの赤澤美憂の席は始業時間になっても空席のままだ。担任の教師はまず二学期の挨拶を済ませるとその後に美憂の広島への転校を告げた。

「赤澤さんはお父さんの都合で急に引っ越しが決まったとかで八月の二十日に転校しました。なにぶん突然のことで誰にも告げずに転校することになってしまいましたが、赤澤さんは中学二年のたった三か月だけしかこのクラスにいなかったけれど本当に楽しい思い出ばかりで一生忘れないと言っていました」

「何だよ、転校してきてたったの三か月ちょっとでまた転校かよ！　東京から転校してきた赤澤はクラスに都会の風を吹き込んだだけでまたすぐ転校だなんて何だか女版《おんなばん》の風の又三郎みたいじゃないか」

鉄矢の隣の席の慎二郎《しんじろう》が恨みがましくそう言うと大げさにため息を吐いた。鉄矢の中では彼の吃音症に真正面から対峙してくれた美憂に対して感謝だけではない特別な感情が芽生え初めていたが一緒に花火を見たあの日からその気持ちはますます強くなっている。しかし突然その対象を失ってしまった彼は今あらぬ世界に放り出されたような衝撃を受けている。

四十日前、けたたましい蝉の鳴く中で終業式の全ての行事が終わった。明日から始まる夏休みで心も浮き立った生徒たちが三々五々帰りかけている時、友だちと一緒にいた美憂が遠くから彼を見つけると親指と人差し指で作った丸を高く掲げ大きく振った。前夜の花火大会で美憂は彼と搦めた手はそのままにして彼の耳もとに唇を寄せた。秋川君おめでとうと囁いた美憂の声が涙声だったのを甘く思い出した彼も精いっぱい指で作った丸を振って見せた。彼が彼女を見たのはそれが最後だった。

「俺たちに何も言わずに行っちまうなんてあんまりだよ。俺、本当のことというと赤澤さんのこと好きだったのになあ」

余程ショックだったのか愼二郎は机に突っ伏してしまった。

「あゝ、分かるよ」

鉄矢は小さく頷いたものの泣きたいのは僕の方なんだよと心の中で叫ぶ。

衆議院議員選挙の初日から始まった秋川鉄矢の吃音は四日目の朝になっても何ら変わることがなかった。

妻の明子《あきこ》と選挙事務所の代表がまだ八日間も残っている運動期間の対処方法を携帯で話し合っている。

「有権者たちは二日目あたりから選挙カーの上で演説する秋川を見ていてその異変は薄々感じ取っているはずだと思うの。ならばそれを無理に隠さずこの際開き直って急病になったことにして入院させた方が却って良いのではないかと思うの」

話しながら部屋中を歩き回る彼女がしきりに頭を掻きむしっているのは気持ちが相当混乱しているせいに違いない。父親の一大事に昨日から娘の明日香《あすか》が静岡に来たものの二十歳の大学生にいい考えがあるはずもなく彼女はただ母親の周りをウロウロしているだけだ。

「これ以上だらだらと秋川の無様な姿を人前に曝して票を減らすよりも急病にして同情票を集める作戦にした方が賢明だと思うわ」

選挙事務所そして妻の明子の意向で結局鉄矢はその日の朝急遽入院をすることになった。

当選確実と思われていた秋川鉄矢が入院したというニュースはその日の昼の全国放送で流されたが実際二日目の彼の覚束ない口調を目の当たりにしていた人たちは脳からくる病気で彼の再起はとうてい望めないなどと勝手な判断を下したりしている。そして最後の日まで本人がいないままの選挙運動は続けられたのだが当然のことに本人不在の運動は意気が上がらないこと甚だしい。そのような厳しい状況下での選挙戦の結果はそれでも五人の候補者の三番目となったがしかし上位二名の当選枠から外れた彼は議員生活二十年目にして初めて落選という屈辱を味わったばかりか職業は無職のただの人になってしまった。

「ち、ち、丁度潮時だと思うよ」

弱音を吐く夫を政界からの引退だけはどうしても阻止したい明子は必死の形相で説得する言葉を探している。

「ど、ど、どうせ僕なんか、た、た、たいした男じゃないんだから」

「そんなことは分かっているわよ」

政治家の妻としての甘美な日々を甘受してきた明子は怒りの言葉を吐き捨てる。

選挙戦が終わって二週間が経ち選挙に関する後片付けをすべて済ませた彼はそろそろ東京の自宅に帰ろうかと思っている。妻の明子と娘の明日香は既に自宅のある東京に帰っていたが無職になった鉄矢は誰が待つでもない東京に今更慌てて戻る必要もなかった。彼は荒れ果てた気持ちの立て直しを図るため妻には選挙の後片付けと称し一人静岡に残っていたのだが彼は東京に戻る前にどうしても行っておきたいところがあった。彼がそのような気持ちになったのは選挙戦初日の静岡駅前の群衆の中で親指と人差し指で作った丸を高く掲げてしきりに振っていたあの長い黒髪の女と三十五年前の中学二年の終業式の日に遠くから彼を見つけた赤澤美憂が親指と人差し指で作った丸を高く掲げ大きく振ってくれた過去の記憶とが彼の中でピタリと重なり合ったからだ。

思いもかけない吃音症の再発で彼は記憶の彼方に押し込んでいた三十五年前の彼の失語症

に真剣に向き合ってくれた赤澤美憂との中学二年のたった数か月の何とも刺激的なそれでいて甘美な時間を思いだすことになりその時間を過ごした中学校をなんとしてももう一度見ておきたい気持ちになっていたのだ。

金網の向こうにその中学校は整然と建っていた。しかし三十五年が経った現在、当然のことに校舎も体育館もそして図書室も新しく建て替えられているのだが校庭の周りに植えられている桜やイチョウやケヤキの記憶は彼の中にかすかに残っている。彼はあの時の大きな体育館を包み込むように建てられたドーム状の図書室を頭の中で描き校庭からそこにつながる鉄製の外階段をテンポよく一段おきに駆け上る十四歳の自分を想像してみるが校庭でサッカー少年たちが大声を出しながら走り回っているのもあの日と変わらない。

小春日和の温かさに誘われてか学校前のその公園には金属製の声を張り上げている小さな子供連れが多くいる。中学校が一望に見渡せるベンチを確保した彼は十四歳のあの時以来お守り代わりとしていた美憂の手書きの紙、いやお守り代わりとしていたのは僅か五年ほどでその後は単なる惰性でそれを持ち歩いていたのだが吃音症の再発で彼女を思い出した彼は惰性で持ち歩いていたそれをいつも携帯しているカバンから見つけ出したのだ。ただの紙を三十五年間も持ち歩き続けた己の偏執狂ともいえる性格に彼は半ば呆《あき》れながらも変色したそれを書類封筒から取り出した。そして彼はそれを膝の上に広げるとあの日美憂が言った通りに吃音矯正を一から試みてみる。

「ち、ち、ちからもち」

ゆっくり息を吐きながら絞り出す彼の言葉は何とも痛々しい上に左足を叩く随伴運動も起きている。

「失礼ですが秋川鉄矢先生ですか？」

小さな女の子の手を引いた若い女性がその時彼の座るベンチの前に立ち止まった。既に無職の身分になっていたが彼は今でも時々そのように町中で見知らぬ人に声を掛けられる。顔を上げた彼は二人を交互に見ながら曖昧に頷いたが彼は微笑んでいる彼女を見ながら気に掛かったことを口にする。

「ち、ち、ちがっていたらごめんなさい。駅前の、た、た、立会演説会で…」

彼女は鉄矢に最後まで言わせることなく言葉を遮る。

「選挙運動第一日目、静岡駅前の立会演説会で遠くから親指と人差し指の丸を高く掲げそれを大きく振っていたのは私です」

「ああ、やはり…今あなたを見てふとそうではないかと…」

彼女があの日何故あのような行動を起こしたのか、そしてその後に鉄矢が獲得性吃音といわれる成人してから発症する吃音症に何故なってしまったのか、この二つの出来事は何か因果関係でもあるのか彼は今でも疑問に思っている。

「この子はサーコの孫です」

彼女の影に隠れて二人の様子を窺っている女の子を彼女は彼の前に押し出すと晴れやかな笑顔をみせる。

「サーコ？　サーコってあの赤澤美憂さん？　と、と、ということはじゃああなたはサーコのお嬢さん？」

「はい、娘の霞《かすみ》です」

「これは驚いたな。そうか、サーコもこんな素敵なお嬢さんとこんなに可愛いお孫さんに恵まれたのか」

彼は感慨深そうな目で二人を見つめる。

「と、と、ところでお母さんはお元気ですか？」

「実は母は二年前にガンで亡くなりました」

「えっ、亡くなった？」

「はい、その時に母から二年後の衆議院選挙では秋川鉄矢さんが立候補するから応援して上げてって言われたのです。母は中学二年の時に政治家になって世の中を良くするために働くんだと言った秋川さんにとても感動したそうです。そしてその時秋川さんに必ず応援するからねと友だちと一緒に約束したのだとか。でも二年前の母は石川県に住んでいたので秋川さんには投票できないということでこの学校の裏手に住む静岡に投票権を持つこの私に清き一票を是非秋川さんにと頼んできたという訳です」

「親指と人差し指の丸を振って応援することも？」

「ええ、それが〝すべて良し〟という二人だけに通じる合図だったのだから秋川さんがそれを見たらサーコが応援をしていると理解するはずだと」

美憂の娘だという霞の話を聞いて彼は今回の一連の出来事の因果関係がようやく腑に落ちた。初当選した二十年前は世のため人のためを信条とする政治家であった鉄矢はいつの頃からか政治を収入源として生きる政治屋になり果ててしまっていた。そのような彼を〝すべて良し〟とは見過ごすことが出来なかったサーコがならば元のターくんに戻って頂きましょうと今回あの中学二年生当時の彼に戻しただけのことだったのではないかと。

「で、で、でも、私がここに来ることがど、ど、どうして分かったの？」

「秋川さんが当選なさらなかったことを知った私はもしかしたらその原因が親指と人差し指の丸を私が振ったことだとしたらそれは秋川さんが母を思い出したことでその結果として必ず思い出のこの場所にいらっしゃるに違いないと」

「全くあなたのおっしゃる通りです。私はお母さんが失望し悲しがることをずっとしていたのですね」

「このまま秋川さんが政界から身を引くとの噂もあるので心配しています」

霞が辛そうに唇を歪め呟くのに彼は笑顔を見せる。

「有難う。と、と、とりあえずサーコに作って貰ったこれであの時のように吃音症を直すように努力してみますよ。そしてその後はサーコに〝すべて良し〟と言ってもらえるような生き方を考える心算《つもり》です」

彼は膝に置いた十七枚の紙を手にとると彼女に向かってヒラヒラと振ってみせる。すると花火の夜の泣き笑いのサーコの顔になった霞は安心したように大きく頷くと親指と人差し指で作った丸を高く掲げてみせた。

リンゴの芯

無節操なその夏の暑さを多岐川弘樹《たきがわひろき》は理性を無くした女の暑さだと言うが彼女が同棲相手のその言いぐさを聞くのはこの夏で三度目となる。

加谷麻美《かやあさみ》がその言葉を始めて耳にしたのは二年前の夏、和歌山・磯の浦海岸でのことだった。真昼の太陽の照りつける磯の浦海岸の砂浜に座り、ひとり海を見ていた加谷麻美に声を掛けてきた男はその時もやはり同じセリフを吐いた。

「この夏の暑さは理性を無くした女の暑さだが、理性を無くした女には碌なことが起こらないのは神代《かみよ》の昔から決まったことだ」

日に焼けた男の手には彼女が先刻砂浜に投げ捨てたかじり終えたリンゴの芯がある。

（何を言っているの？　この男は）

神代の昔などと時代錯誤のことを口走るその男は磯の浦海岸のパトロール隊か何かで砂浜が汚れるのがとにかく許せないのだろう。リンゴの芯を持ったままの男は黙って彼女の横に立つと彼女が次の行動を起こすのをじっと待っている。肩までのストレートヘアーに化粧っ気もなく唇にはワインカラーの口紅を引いただけの彼女だったがそれが却って色白の肌を引き立たせ一見彼女を清楚に見せる。横に立ったままの男に心の中で舌打ちをした彼女は一刻も早く男から離れようと立ち上がりパンツについた砂を払い落すと車道に向かって砂浜を歩き始めた。男は首筋の汗をぬぐいながら彼女と同じ歩調でなぜか後を追ってきたが車道に出る手前で彼女の手首を掴むと有無を言わせぬ口調になる。

「ハイ、これは君が出したごみだから指定された場所にちゃんと捨てようね」

彼は手に持ったリンゴの芯を彼女の手に押し付けると目の前のゴミ入れを顎でしゃくる。

彼女は不愉快そうに男を睨み付けたものの仕方なく男から押し付けられたリンゴの芯をそのゴミ入れの中に放り投げた。

「それに君はあんなに果肉を残したままでリンゴを捨ててしまうなんてリンゴの食べ方も知らないいんだね」

男は彼女の前に立ちはだかるとゴミ入れにリンゴの芯を捨てさせただけでは気が済まないとばかりにそう付け加える。

「確かにリンゴの芯には体の中でシアン化物に変わるある物質が含まれているそうだが、それも微々たるもので一日に何百個でも食べない限り何の危険性もないいんだよ」

何の理由があって私はこんな男に説教されなくてはいけないのかと彼女は腹立たしく思う。

「リンゴという果物を支えている芯をあのように粗末にすることはたぶん今まで君は物事の芯というものを大切にしてこなかったのだろうと想像はつくがそれが芯の無い生き方をしている現在の君に繋がっているんだと思うよ」

リンゴの食べ方が悪いからって何でこの男に私の人間性までを否定されなければならなく

なるのか男の支離滅裂さに彼女はあきれ果てる。確かに私の人生は碌でもないものだったかも知れないが少なくとも会ったばかりのこんな海のパトロール隊野郎になど言われたくないと彼女の怒りはますます激しくなる。

無節操な暑さとはいえ九月に入ってからの磯の浦海岸の海水浴客はめっきり少なくなっておりそれと入れ替わりに色とりどりのサーフボードを抱えた若者たちがやって来ている。波の反復音《はんぷくおん》に包まれてぼんやりと海を見ながら快適な午後のひと時を過ごしていたというのにその四角四面のパトロール隊野郎にそこからの立ち退きを強要されてしまったことはどう考えてみても不愉快極まりない。彼女はその理知的な大きな目を引き絞ると偉そうに蘊蓄《うんちく》を傾け続ける男を憎々し気に睨み付け一刻も早くその場から離れようと一歩足を踏み出す。しかしきょうのそれから後の彼女の予定が全く空白なのは彼女にとって今回の旅は自死するための旅と決めていたからに他ならない。

五年間付き合っていたその男が加谷麻美に君とは結婚する気がないからと言ったのは二か月前の土砂降りの雨の降る夜だった。五年という歳月は二人の仲に多少の倦怠をもたらしている部分もあったものの彼女はそのままいけば二人はやがて結婚するものと思い込んでいたので男の突然の心変わりの現実が理解できない。彼女は男の気持ちを問いただし翻意《ほんい》させることを何度も試みてみたものの結局それは無理だと悟り絶望した彼女は男も勤めているその会社を辞めると引きこもりになった。

その後人づてに聞き徐々に分かってきたことは上司の勧める良家の娘との縁談に男は前のめりになったのだというがそれを聞いた彼女は懊悩のあまり男と刺し違えることを考えたりもした。しかし灯りも消した真っ暗な部屋で膝を抱えて悶々としているうちに何もかもがどうでも良いことに思えてきた。この五年間の内に彼女の両親は相次いで亡くなっており親戚も兄妹もいない彼女はそれ以上生きていくのが面倒になってきている。

フラリと出た旅の途中で気に入った場所があったらそこを死に場所と決めて命を絶つのも悪いものではないと彼女は思う。アパートの大家さんにはそのままにしてある荷物の始末をしてもらうのに見合うお金と手紙をテーブルの上に置き二本の鍵は郵便受けから玄関に落とすと彼女は着替えも持たずにショルダーバック一つでアパートを出た。

磯の浦海岸の砂浜から追い立てられる格好で車道に出た彼女は当て処もないままぶらぶらと歩き始めたが太陽に曝《さら》された彼女のむき出しの肩はピンク色に焼けている。既に三時を過ぎているというのに太陽はまだ高く風は全く吹く気配がない。額から首筋に流れる汗を彼女は手の平で拭い取るとその濡れた手をタンクトップの胸に押し付ける。

朝からペットボトルのお茶を二本とサンドイッチとリンゴを食べただけの彼女は先刻から強烈な空腹を覚えていた。生きていたくないと思いながらも生命を維持することを望む身体は何の迷いもなく空腹感を催させる。そしてあと数時間もすると空腹に耐えられなくなった自分は手当たり次第に入った食べ物屋で何かを口にするに違いないと思う彼女は人の業《ごう》の哀しさを思いひとり嗤《わら》う。泣き笑いをした彼女が車道と平行に走るかなり高い防波堤によじ上ったのはそうでもしなくてはいられない寂しさが突き上がってきたからだ。バランスを取りながら彼女はその上をふらふらと歩き出したがいくらか風が出てきたのか汗で濡れた背中が冷気を感じる。

「泊まるところは決まっていないんだよね」

防波堤の並びの車道に車が止まったかと思うと先ほどのパトロール隊野郎が防波堤を歩く彼女に声を掛けてきた。男のテリトリーであろう海岸から退去したというのにその男のあまりの執拗《しつよう》さに辟易《へきえき》しながら彼女は彼を無視し歩き続ける。

「まさかこの辺りで野宿をするつもりじゃあないよなあ」

男の自信たっぷりな問いかけに苛立ちを隠せず彼女が言い返す。

「泊まるところが決まってないなんてどうして決めつけるの？　一流ホテルにちゃんと予約はしてあるわ」

「でもさ、そもそも旅行するのに着替えも持たずに小さなショルダー一つだけなんておかしな話じゃあないか」

その旅行が楽しむためのものでないことを男に指摘された彼女は押し黙ってしまう。

「それに今日はなにしろ無節操な暑さで君もたんまり汗もかいたことだろうから、このまま風呂にも入らず着替えもしない君が悪臭を放った薄汚いままで逝くというのも随分と恰好の悪い話だと思うよ」

変な説得のされ方だとは思いながら彼女は思わず頷く。

「とにかく車に乗れよ。駅前に行けば君の気に入るような洒落《しゃれ》たものは無いかもしれないがTシャツと下着くらいは売っているはずだよ」

確かに明日また一から死に場所を探すにしてもこの汗まみれの体を何とかしなければならないし洋服も調達しなければならなかった。宿も決めている訳でもないのでそれも何とかしなければならないしやらなければならないことは山ほどあった。死んでいくということは何と案外面倒なものだと思いながらも彼女はこのパトロール隊野郎は何でこんなにお節介なのかと警戒の気持ちを持つ。

「逝こうとしている人間が今更警戒心なんか持ってどうするんだい？」

言われてみれば確かにそうだと思った彼女はちょっと笑った。

「それに僕はそんなに女に飢えちゃあいないから大丈夫だよ」

そう言うと男は防波堤から早く降りてこいと手招きをする。

「でもパトロールの仕事がまだあるんでしょ？」

それを聞いた男はなるほどと言うと大きく笑った。

「勘違いしているようだけれど僕は一介の旅行者でたまたまこの海岸の評判をネットで見て寄っただけでパトロール隊なんかじゃないよ」

「だってさっき怖い顔をして…」

「あゝ、あれは君がこの夏の暑さと同じに全く理性を無くした状態だと思ったからさ。君をあそこにあのまま置き去りにしたら辺りが暗くなってきた時君が海に入って行きかねないと思ったからだよ。とにかく君をあの場所から立ち退かせさえすれば少なくともきょう一日は死ぬことは無いだろうと思った、ただそれだけだよ」

「……」

男の顔をしばらく凝視していた彼女はやがて車道の左右を確認すると防波堤を飛び降りた。

「ところであなたに言わせると私はどうしようもない芯なし女らしいけれど、そういうあなたに芯はあるの？」

「いや、恥ずかしながら実のところ僕にも芯はない。だからこうして理性のない女の暑さの中でじっくり考えようと旅に出て来ている」

それを聞いた彼女は先ほどからの一連の無礼は許してやるとばかりに笑顔を見せると助手

席に乗り込んだ。

　多岐川弘樹と名乗るその男が自己紹介のついでに話すところによると彼は大手の新聞社に勤めているのだが会社の方向性と自分の生き方との乖離に疑問を感じるようになり悩みの内に旅に出たのだと言う。三十一歳で途中採用の彼の担当部署は文芸部だが物書きやアーチストたちに知己が多い彼はその面での造詣も深くまた的確な文章も書けるので会社としても良い人材を確保したと喜んではいる。だから彼としたら会社の方向性等には目を瞑っていれば何の問題も起こらないのだろうがしかしそれに目を瞑ってその会社に勤め続けることに彼は内心忸怩たるものがあった。

　五日間の夏季休暇を取った弘樹の旅はその日が二日目だが彼の逡巡はまだ解決できていない状況にありこの休暇中に何らかの結論を出したいと彼は思っている。

　それぞれに問題を抱えた男と女は四国にまで足を延ばし彼の夏季休暇が終わる日の夜に東京に戻って来た。下目黒の目黒不動尊の近くの小さなアパートに住む彼女は目黒不動尊の仁王門の傍に車を止めてもらった。

「本当にありがとうございました。意思に反してまた帰ってきちゃったわ」

　二度と戻って来ないだろうと思っていたアパートの二階の部屋が彼女の視線の先にある。テーブルの上には大家さん宛に五年間お世話になったお礼の手紙と荷物をゴミとして処分してもらうそれに見合った金銭を置き二個の部屋の鍵は封筒に入れて玄関の郵便受けから中へ落とした。家賃は毎月月末に近くに住む大家さんに払いに行くことになっているのだが九月になったというのにまだ支払いのない彼女のところに来た大家さんはその手紙と鍵を見て仔細を知ることになるはずだ。九月も四日になっているその日既に大家さんは彼女の手紙を見ているかも知れないとの考えが彼女の脳裏をかすめる。

「どんな事情があったのか分からないけれどとにかく帰って来て良かったと思うよ」

旅行の間、彼は彼女が何故ひとりで旅行に出掛けなければならないほどの切羽詰まった事情を抱えてしまったのかは一切聞かなかったしまた彼女も話すことはなかった。

「僕の方もすぐに行動とはいかないが結論は出たからいずれはなんとかするつもりだ」

「良かった。旅に出た甲斐はあったわね」

頷いた男はずっと心に抱えていたことが吹っ切れたのか爽やかな笑顔を見せる。

「ああ、それからガソリン代、本当は半分出さなくてはいけないのだけれど…」

「そんなのはいいよ。どうせ僕はひとりで旅行するつもりだったんだから…思いがけない道連れが出来て楽しかったよ。機会があったらまた会おうよ」

彼はそう言うと名刺を取り出しその裏に携帯の番号を書いて彼女に渡す。

彼女は旅行中に少しだけ増えた荷物を抱え車から降りると走り去って行く車に手を振った。

走りながら男は遠ざかる女をバックミラー越しに覗いていたがそこに映る女が上を見上げたまま動こうともせずに立ち竦んでいるのが見え何とも気になる。男はUターンできる場所まで走ると方向転換をして元に戻って来たが女は車を降りたところに降りた状態のままで佇んでいる。

「どうかしたの？」

彼女は戻って来た男を見て一瞬驚いた様子をしたがその目には涙が溜まっている。

「私、家がないの」

すすり上げた彼女が指さしたのはアパートの二階の部屋に灯った目に突き刺さるようなやけに明るい光だ。

男は彼女から家を無くしてしまった経緯を聞くと、まあな、あの時君が理性を無くしていたのは確かなのだから仕方ないかと笑った。

「確かに私はどうかしていたわ」

「しかし君の部屋だったところにあのように誰かが入っているということは既に家財道具も処分されているんじゃないのかな」

「…」

「そうなっていたら今更元に戻す訳にはいかないけれどとにかくどうなっているか聞きに行っ

てみようよ」

二階を指さした男は今すぐにでも走り出しそうにしている。

「いいの、どうせここにはもう住みたくなかったんだから」

彼女は灯りの点いた二階を睨み付けながら唇を噛むと鼻を啜り上げた。するとしばらく考えていた男はおもむろに口を開くとある提案をする。

「あのさ、僕は今海外転勤の叔母一家が住んでいた日野市の一戸建てで留守番という名目で住まわせてもらっているんだ。叔母一家は五人家族だったのでかなり部屋数は多くほとんどが空部屋になっているんだが良かったらさしあたりそこに住んでみてそれからゆっくり部屋を探したらどうかな？」

「いいの？」

「あゝ、そこで死ぬのなんのって言い出さなければな」

彼女は少し恥ずかしそうに笑ってみせる。

それから二年が経ったがその間に多岐川弘樹は勤めていた大手の新聞社を退職し自分と同じ方向性を持った中堅の新聞社に転職したが一方の麻美はというと近くのクリニックに就職したものの住まいの方は弘樹の家に居候を続けたままになっている。

そして今彼女のお腹には新しい生命が宿っているが彼女は一抹の不安を抱いている。なぜなら二年前あれほど信じあっていると思っていた男にいともあっさりと心変わりを告げられその時に出来た心の傷は未だに彼女の深層にどす黒い澱《おり》となって残っているからだ。そして二年間一緒に暮らしていながら彼女は弘樹の気持ちを何とも頼りなく思うことがあり無防備に信じることが出来ないでいた。男が心変わりをしてまたあの辛い思いを繰り返すのかと思うと彼女は再び男を好きになるのは止めようと思ったりもする。しかし辛いのはもう沢山だと思いながらまた人を愛してしまった自分の心の不確かさが何とも情けなかったが再び人を愛せるようになったことは彼女にとって喜びであった。そう思いながらも彼女は子どもが出来たことを弘樹には言えないでいる。家族だとか子供だとかに興味を示さない彼はたぶん結婚生活を望んでいないのだろうと彼女は勝手に推測していたからだ。薄々それが分かっているのなら敢えてそれを言うよりむしろ沈黙したまま今の居心地の良い状況を継続していく方が賢明かも知れないと彼女は思う。一方いくつもの別れを経験してきた弘樹には今更結婚願望というものはなかったが麻美と暮らすうちに彼女を大切に思い愛《いと》おしく思うようになっている心の変化が分かりそれは自分でも想定外のことだった。

そしてその夏の暑さも弘樹が言うところの理性を無くした女の暑さレベルの激しいものだった。そのため彼らは予《かね》て計画していた八月の千葉への旅行を少し涼しくなる九月末に延ばしたのだがその暑さは一向に衰える気配を見せない。

千葉・房総のその港町の駅西口から海に向かう大通りを突っ切っていくと昔の河岸《かし》を残す盛り場や花街の賑わいの跡の連なりがあり、そこだけが歴史の中に埋没してしまったような時間がある。キリコの絵のような風景がどこまでも続いている静寂の中に太陽は真上にあって動こうともしない。

誰もいない町を彼ら二人だけが色濃く短い影を重く引き摺って歩いていく。《氷》と朱で抜かれた暖簾《のれん》の下で灰色の目をした犬が気だるそうに彼らを見上げると前足に顔をのせたそのままの姿勢でまた目を閉じた。

「随分と寂《さび》れてしまったな」

十五年振りに見た町のあまりの変わりようにかなりの衝撃を受けたのか弘樹は呻くようにそう言うと額の汗を拳で乱暴に拭った。そしてその後は何も言わずに握っていた彼女の手を一層強く握り締めるとただ黙って歩いていく。たぶん一キロにも満たないだろう港までの道を二人が当てどもなく歩いていくと微かに潮の香りが漂い目の前の内港にはそこかしこに漁船が停泊していた。

弘樹が青春を過ごしたその町を加谷麻美が見たいと言ったのが先だったかそれとも弘樹が是非とも見せたいと言ったのが先だったのかそれは今となってはどちらでも良いことだ。何しろ彼女は三日前に分かったばかりの妊娠をこの旅行で彼に伝える決心をしたばかりだったからだ。彼がその事実にどのような反応を示すにせよその事実を彼に何も報告しないという手はないだろう。

「刺身にしたら旨そうな魚だな」

岸に近い入り組んだ町のはずれにある魚屋の前で彼が立ち止まった。新鮮な刺身とワンカップの取り合わせに彼を見上げた麻美は大きく頷いて見せる。強い日差しに曝されていた麻美の目には暖簾の奥の薄暗い中にただのろのろと動く人の気配だけが感じられた。大きな声で弘樹が店の奥に声を掛けると意外にも若い女の声が返ってきた。午後を過ぎて太陽はほんの少しだけ傾いた気がする。

そこから私鉄で二つ目の駅まで行くと彼が青春時代を過ごした高等学校があるという。一つしかないホームには小さなベンチがぽつんと強い日差しを浴びていたが一時間に二本しか走らないという電車は都合の良いことに丁度行ったばかりだったらしいのでこれから二人は三十分の宴会が出来るという訳だ。

「さあてと」

ホームの木のベンチは彼ら二人のパーティーをするにはもってこいの広さだ。ワンカップの蓋を注意深く彼が開けると彼女は捧げ持っていた刺身の包みを静かにベンチに広げ魚屋で貰ったしょうゆをこれも貰ったプラスチックの小さな皿に静かに移した。わさびを指でつまみその皿に落とすとパーティーの準備は整った。刺身を間に挟んで二人が腰を下ろすと夏の空が目に痛い。

酒と刺身で気持ち良く酔いが回ってきたところで丁度電車がやって来たということは、二人がベンチに座ってから既に三十分が経ったということなのだろう。

数人しか乗客のいない二両だけの電車のボックスに向かい合って腰かけるとほどよくアルコールが体を駆け巡っているのが分かる。今までいた港町とは線路を挟んで反対側の風景を彼が懐かしそうに目で追っている。

「ホラ！」

弘樹の一直線に伸ばされた腕の先には次なる目的地、彼が三年間通っていたという高等学校の建物が遠景に白く見えている。


あっ！　そう小さな声を上げた多岐川弘樹の大きな目はみるみる細い一本の線にまで絞られると前方の壁に掛けられた画面いっぱいに《目》を描いた暗い絵を執拗なまでに見つめている。しかし一本の線でしかなかった彼のその目が今度は徐々に拡大されると極限にまで見開かれた。カウンターに置かれまだ口もつけていないビールのグラスを持つ彼の指に予期せぬ力が加わっているのは吸盤のように変形している彼の指の形で分かる。彼のこめかみに浮き出た静脈が神経質そうに脈打ち青く光っているのは彼の心の昂りを反映する心臓との合わせ鏡のようだ。

「はい、乾杯よ」

　さまよい人のような目をして麻美の方に向けた弘樹の顔からは血の気が失せている。しかしそれでも彼は彼女に促されるまま手に持ったグラスを目の高さに上げるとコクンとひとつ頷いた。彼女は手にしたグラスを彼のそれに軽く当て暑い中を一日中歩き回ったことへの労《ねぎら》いを表した。ビールの苦みが喉の壁をこすりながら飲み下されると胃が心地よく収縮しているのが分かる。お互いのグラスにもう一杯ビールを満たし合うと彼の口元がやっといつものように綻んだ。

「知っている人が描いた絵なの？」

　執拗に壁の絵を見続けている弘樹の視線に尋常ならざるものを感じた彼女は思わず聞いてみる。

「あゝ、さっき見学した僕たちの学校から少し離れた場所に女子高校があったんだがそこの女学校に通っていた一級下の女子生徒のおやじさんの作品だ。そのおやじさんはプロの画家なんだがこれがまた一風変わった絵描きでとにかく《目》ばかりを描いているんだ。悪ガキだった僕たちにしたらこの目に睨まれると何だか監視されおまけに説教までされているような何だか落ち着かない気分になったものさ」

母校を案内した後、次は昔良く遊び歩いた歓楽街に行こうと彼が言い出した。十五年前の高校生だった彼らが友だちと良くうろつきまわった場所だというのだがどうした訳か当時猥雑《わいざつ》とも思っていたあの歓楽街は見当たらず町は何とも健全な様相を見せている。探すのを諦めた二人はそれならとりあえず喉でも潤そうということになりたまたま入ったレストランで彼は十五年前に見た懐かしい絵に再会し図らずもその店が昔彼らが良く通っていたというスナックだと分かった次第だ。内も外もすっかりリフォームされて昔日の面影など何も残してはいないのに店のオーナーは何故か一枚板の立派なカウンターとその絵だけは捨てることが出来なかったのだろう。

ふーん、かび臭いあの店が随分と洒落た店になっちゃってと弘樹は自分に言い聞かせるように呟くともう一度その暗い絵を見上げる。

その店のことを麻美は度々彼から聞かされていた。そこはまだ酒とお汁粉が均等に美味しいと思えた高校生の時に学校に隠れて彼が友だちと初めて通い始めた店だという。先輩や悪友たちとの果てしない議論、そして初めて女性の経験をしたというこの店の二階のことも高校時代の思い出の一つとして問わず語りに彼から聞かされていた。当時その店で唯一自慢出来るものがその一枚板のカウンターで他はボックス席が三つあるだけの小さなスナックのようなものだったがそれなりに店は繁盛していたが今は不景気対策なのか昼は食事を提供するレストランで夜は飲み屋になっているようだ。

「この店に入って来た時まず目に飛び込んできたこの絵に僕は思わず声を出してしまったのはどこかで見たことがある絵だと思ったからなんだ。そして見ているうちにこの絵は十五年前からこの店にあったことを思い出したんだ。今はこんなに沈んだ色になっていたので最初見た時には思い出せなかったけれどじっと見ていたらあの当時のいろいろな事を思い出してきた。当時僕たちはこの絵を見て好き勝手なことを言ったものだが、何しろ血気盛んなあの時代は何でもが議論の対象になったもののさ。夏に十数人で花火大会に行った時なども花火というのは広がっていくのかすぼまっていくのかから始まりその時も確か明け方までそのことだけで議論したものだよ。だから初めてあの絵がこの店に運び込まれた時、当然またいつものように始まったのさ。その当時はこの絵が描いたばかりだったのか気味悪いほどヌメッとした鮮やかな色彩だった。ほらあの左上の大きな目があるだろう。その当時は人を見透かすような異様な迫力のある目で、誰もが気味が悪くて見るのが嫌なくせにこの店に入ってくると誰もがまずあの絵を見ずにはいられないいわゆる魔性の絵という奴だったのさ」

「まず見ずにはいられなかったのは魔性のその絵ではなくいい仲になったその店の女の人のことじゃあないの？」

「まあ、無きにしもあらず…かな」

何かを隠しているような曖昧な弘樹の笑い声は頼りなく響きすぐに消えた。

「ねえ、二階はまだあるのかしら」

麻美は揶揄《からか》うように店内を見回し二階へ続く階段を見つけようとする。

「僕が初めて男になった二階…かい？」

軽く麻美をにらむ彼の目はいつもの屈託なさを無理に演出しているように何となく彼女には思えるが彼は何を隠し何に怯えているのだろうか。

グラスの周りの水滴はカウンターに輪を作りグラスを躍らせる。彼女はグラスを三、四回カウンターの上で移動させるとグラスの底に残っている水滴を人差し指で拭った。そしてほとんど温《ぬる》くなってしまっているビールを彼女は一気に口に流し込むと妊娠の事実を今ここで打ち明けてみようかと彼の横顔に目をやった。しかし口数の少なくなった彼はあの暗い目の絵をただじっと見ているだけで完全に追憶の世界に入ってしまっているようだ。彼はしきりに両手を揉み合わせたりカウンターの上を指先でなぞったり叩いたりそして時々苦し気な表情見せたりもする。

「十五年振りにこの土地に来て洒落たレストランに様変《さまが》わりしたこの店に入りあの絵を見ているうちにこの十五年間の僕の記憶の欠落、いや僕が故意に欠落させてしまっていた記憶をすっかりつなぎ合わせることが出来たんだ」

彼女は何を大層なというように首を傾げてほほ笑んで見せる。

「十五年前のあの時、瞬時に冷凍してしまった僕の記憶が十五年経った今ゆっくりと解凍されているような気持ちに僕はなっている。あまり大きな衝撃を受けたりすると人によっては自己防衛のためにその衝撃の記憶を全て忘れてしまおうとすることがあるという。そんな衝撃的なことならなおさらのこと忘れる訳がないと思うだろうが実際にはそういうこともあるんだね」

彼はビールをもう一本注文するとフーッと大きな息を吐いた。

「大学に行くためこの町を出てから十五年が経つが僕は一度としてここに帰って来ていないんだ。東京から二時間もかからないここに帰ってくる機会は今まで数限りなくあった。同窓会とか友だちの結婚式とかそれに親戚で亡くなった人も何人もいたが僕はその都度何か用事を作ったり病気になったりで実際のところこの十五年両親の顔も見ていないんだ。いや、用事といったって別にその日でなければならないというものでもなかったし病気だって単純な頭痛や腹痛で、今思うとあれはここに帰りたくないという僕の深層の拒絶反応だったんだと思う。でもその当時働いていた自動車会社は好景気のただ中で会社は確かに忙しいことは忙しかったのでもう少し余裕が出来た次の機会に行けばいいやと思い込もうとしていたのだが実はそうではなかったんだ」

弘樹のグラスにビールを静かに満たした麻美は自分のグラスにも喉を湿らす程度の量のビールを注いだ。


十五年前の弘樹の通うその高校の裏手を三百メートルほど行ったところに小高い丘があった。当時はあたり一帯はまだ田んぼも残っている環境で、周囲の高い建物といったらせいぜい三階までのものが二つ三つ建っている状態であとは人家がポツリポツリと点在するだけの寂しさだった。彼ら生徒たちの大部分は近在の町から学校に通って来ており通学の足といえば学校の正門から右方向に約五百メートルの駅で乗る私鉄電車かそれとも駅の前から出ているバスしかなかった。

演劇部の部長を三年から引き受けていた弘樹は帰りが遅くなることもままあり、つるべ落としの秋ごろから冬の終わり頃までは男の彼でも何となく心細くなり時折走ったりしながら駅に向かったものだった。

その小高い丘は別名《恋の塚》と呼ばれておりその丘を挟んで彼らの学校と等距離ほどの位置に女子高校があった。彼らの学校は一応男女共学ではあったが一学年に女生徒が十人前後という少なさで実際は男子校と呼んでも良いようなものだ。文化祭や体育祭等の催しがあるたびに彼らはその女子高校に応援を頼んだりし、また女子高校でも何かがあると彼らの学校に声を掛けたりして二つの高校は和気藹々《わきあいあい》とした付き合いをしていた。

彼が演劇部の部員を増やすために走り回るのはそれまでの部長もしてきたことで部長としての当然の宿命でもあった。女子生徒の数が絶対的に少ないために彼は入学したばかりの女子生徒を手当たり次第に口説いたりしたものだったがそのため女性には縁のない柔道部や野球部の連中には随分と目の敵にされたものだった。《恋の塚》に呼び出されて柔道部の五人の大男に取り囲まれている痩せっぽちの彼が粋がって胸を逸らせているのは随分と滑稽な図だったろう。

「お前、明子とこれやったんだろう」

五人の中でもひときわ大きい男は卑猥《ひわい》な腰の動きをしてみせる。

明子というのは校内一という美人の誉れ高い一年生だが、彼のなりふり構わぬ演劇部への勧誘が功を奏して五月から演劇部員になった生徒だった。校内一といっても絶対的に少ない女性の内で選び出すのであればそのレベルというのもおのずと分かろうというものであるが彼らにしてみれば公然と女性と口をきける状態の演劇部の連中が理由もなく面白くなかったのである。

「何ですか、これって」

「なにおー」

五人が五人とも足を半歩踏み出すと体を斜に構える感じになった。威嚇しようとする時は人間だれでもこうなるのだろうかと五人の申し合わせたような動作の発見に彼は少しばかり愉快だった。

「この野郎、とぼけやがって」

彼らの怒りはますますヒートアップすると胸の前で一様に拳を握った五人はまた同じように半歩前進して来た。

そのようなことがあったりしながらも彼は女性部員の勧誘に懸命だった。年が明けてからの全国高校演劇コンクールの前哨戦の関東高校演劇コンクールが九月の末に迫っていることで彼は実際困り果てていたのだ。

そのような時隣の女子高校の演劇部と共同制作をしたらどうかと思いついたのだが既にその時は四月も終わりに近かった。

地方名士でありなおかつ《目》ばかりを何十年も描き続けている画家でもあるその人を父に持つ篠田摩季《しのだまき》は二年生でありながらその女子高校の演劇部の部長で、自分でも心得ているのか髪は理知的な額を目立たせるようなひっつめのポニーテールにして切れ長の目と端正な鼻は少し反っ歯《そっぱ》気味の口元のせいでか険を感じさせなかった。小麦色の肌の四肢の長い、彼らの学校でも良く噂に上るどことなく気にかかる女生徒だった。

摩季は彼の共同制作の申し入れに快い返事をしてくれた。

「うちの演劇部がいくら頑張っても女だけだと所詮宝塚調にしかなりえないのよね。私が一年の時にはそれでも上級生はまだ男の扮装をしてコンクールに出る気でいたのよ。それは先輩たちの夢だったのでしょうけれど、でもね…」

快活に話し続ける彼女のポニーテールが右へ左へと揺れている。

「でもあれで良かったのよね。倉地《くらち》さんにああいう風に言ってもらって、私たち下級生は実際宝塚ごっこにはうんざりしていたのですもの」

「倉地さんて僕たちの先輩の？」

「あら、倉知さんに聞いていないの？　本当？」

倉地というのは彼が一年の時に演劇部の部長をしていた男で、女子高校の演劇部部長の吉田《よしだ》みどりの恋人という噂があった。その当時は一般家庭にも動画撮影が普及し始めたばかりの頃で素人映画作りが流行していたが彼がその恋人のヌード映画を作ったとか作らなかったとかまことしやかに言われていたのだ。しかしその時は先輩の彼に本当ですかと聞くことも出来ず一年生同士で凄いなぁと話し合うだけだった。

「倉地さんと私たちの先輩の吉田みどりさんの噂は多岐川さんも知っているでしょ？」

ヌード映画の真偽には興味あったのだが摩季の切れ長の目は彼がそれを言い出すのを拒んでいた。

「コンクールを前に倉知さんに見てもらうことを吉田さんが言い出したの。やはり自分でも心配だったのでしょうね。私たちは勿論反対するいわれもないしむしろ倉知さんに見てもらってまっとうな評論をしてもらって夢から覚めた方が良いと思ったくらいなの。実際恥さらしもいいところだったけれどね」

その時に倉知から受けた酷評での無念さを思い出したのか摩季は少し感慨にふける様子をすると唇の端をキュッと噛み締めた。

「私が思っていた以上の酷い言われようだったのよ。倉地さんだってきっと恥ずかしかったのだと思うわ。自分の恋人があんな無様《ぶざま》なものを芝居ですって堂々と演出していたのかと思うと情けなくて…、私たちには酷い言葉で罵ったもののたぶんこれは自分だけの胸にしまっておいた方が良いと思ったのじゃないかしらね」

その年いい女優に恵まれていた弘樹たちの高校は惜しくも賞は逃したものの全国コンクールには出場できたのだった。倉地と別れた吉田めぐみに新しい恋人が出来たという噂が流れたのは確か年明けの頃だった。

「その事件があってから私たちの演劇部はコンクールに出ようなんて生意気なことを言う人

もいなくなって、おかげさまで今では文化祭用だけの学芸会ごっこになってしまったのだけれどもね」

摩季が反《そ》っ歯《ぱ》気味の唇を僅かに開け大きく息を吸いこむと彼女の胸の隆起がはっきりと確認できた。

彼はその前年に生まれて初めて女性の経験をしていた。

その頃の彼は酒を覚えたての頭でっかちで、酔っているかそれとも誰かに議論を吹きかけているかのどちらかだった。

その日も彼は駅を挟んで学校と反対方向に五分ほど歩いたその馴染の店に常田剛太郎《ときたごうたろう》と向かった。二人は暗くなりかけた空に引っかかった凍てた月を見上げながら肩でドアを押してその店に滑り込んだのだが暗くなりかかったといっても十二月の半ばのことだったからまだ五時前のことだったのだろう。丁度期末テストの最中でいつもの連中は半分くらいしかおらず静かな店内に彼は何となく面白くなかった。そして明日の試験科目が英語と数学というのも面白くなかったしそれにこの後家へ帰って一夜漬けをしなくてはならないというのも面白くなかった。

店の奥にあるトイレに行くと既に先客がいた。しばらく待っていたが何だか急に酔いが回ってきたので彼はトイレのドアを思い切り足で蹴ってみたが中からは何の応答もなく彼の嘔吐感はますます酷くなっていく。トイレの横の裏ドアを開けるのと嘔吐物が一本の柱となって彼の口から吐き出されるのが同時だった。彼は何度も襲ってくる嘔吐感に身を任せながら隣家の竹の垣根に体を預けていると既に真っ暗になってしまった空には月が突き刺さっていた。どうやら彼はその状態で数分間眠ってしまっていたらしい。肌寒さで気が付くとその店に雇われている若い女が水と濡れたタオルを持って彼の顔を覗き込んでいる。唇の左側に小さな黒子《ほくろ》のある女が差し出した水で口の中を何度もすすぎ冷たいタオルで顔をごしごし拭くと醜態を見せたことが急に恥ずかしく感じられてきた。

「ほらそんなにふらふらして、二階で少し横になったらいいわ」

カウンターの横の階段をその女の蓮っ葉《はすっぱ》な笑い声に追い立てられるようにして上って行くと、お前はまだ修行が足りんぞ、そうだそうだという陽気な声が追いかけてくる。

「はい、洗面器持って来たわよ」

既に敷いてあった布団の上でゴロンと横になっていると、その女は水を彼に手渡しながら布団の端を持ちあげる。するとかび臭いかすかな湿気が布団の中から立ち昇ってきた。冷たい水は脱水した体の隅々にまで少しの無駄もなく染み込んで行くようだった。グラスをその女に渡すと体中が急激に冷えていくようだったので持ち上げられた湿っぽい布団の端から上着だけを脱いだ格好で彼は体を滑り込ませた。

「大丈夫?」

冷や汗でぐっしょりとなった額に手をやるとその女はタオルをそっと押し当ててくれる。

確かに体中も汗でぐっしょりとなっているが彼は間近に見る女の唇の左側の黒子が気になって仕方がない。

「すみません。タオル貸して下さい」

彼はかすれた声を絞り出す。

「遠慮しなくていいのよ。拭いてあげるから」

彼のセーターの中に指を入れると彼女は小さい叫び声を上げげた。

「凄い汗じゃないの。拭かないと風邪を引いちゃうわよ」

彼女は有無を言わせずタオルをセーターの中に入れるとこすり始めた。彼女の大きな乳房がゆさゆさ揺れて時々彼の顔を撫でる。彼は鼻をわざと突き出すようにすると乳房の揺れ具合の密度が濃くなるが彼女も彼のいたずらを楽しむようにさっきから同じところばかりを拭いている。若い彼の自制心は徐々に効かなくなってきており体に添っておかれていた彼の両腕はそろそろと持ち上げられると彼女の背中に、最初は躊躇《ためら》いがちにその次は思い切り強く回された。

どのくらいの時間が経ったのか、その女が髪の乱れを両手で撫でつけながら階段をトントンと軽い足取りで下りていくとその直後に階下からはその女の蓮っ葉な笑い声がいつもと同じ調子で二階の彼の耳に響いてくる。先ほどの事はあの女にとっては笑い声さえいささかも変わることもない取るに足りないことだったのだろうか。両腕を交差して裸の肩を温めながらあの女の笑い声にはきっと何か他の意味があるに違いないと善意に解釈したい彼はその裏の意味を探そうとそっと目を閉じてみる。

やがて湿っぽい臭いが体中に染み込んでしまったような気がしてきた彼はのろのろと起き出すと効果があるはずもないのは分かり切っているのにしきりに服を叩きながら階段を降りていった。

「ヤー、多岐川、もう大丈夫なのか」

「多岐川もきょうは徹底的に付き合えよ」

先刻と全く変わっていない顔ぶれかそこにあったが目だけが皆一様に焦点が定まっていない感じになっている。

「だめよ、多岐川さんはせっかく良くなったんだから、きょうはもう帰してあげなくちゃ。あとは私が徹底的に付き合ってあげるから、それで我慢しなさいね」

その女は男たちの間に席を一つ作るともう彼の方を見ようともしない。彼は自分でも意味をなさない言葉をぶつぶつ呟くとそれを挨拶がわりとして追い出されるように凍てつく町へと出て行った。

それからしばらく彼はその店に足を向けなかった。というより行きたい衝動を必死に堪《こら》えていたというのが本当のところかも知れない。

その年もあと数日という時になって彼は急きたてられるようその店に足を運んだ。

「多岐川さん、随分久し振りじゃないの。どこか体でも悪かったの」

強張《こわば》った彼の顔を見ると女はあれ以前と同様の年下の者に対する突き放すようなそれでいて労わるような表情をした。

「何だぁ、多岐川、来たのか」

長閑《のどか》な声を上げながら彼の背中を拳で押したのは常田剛太郎だ。

「あゝ、今年もあと少しだから飲み納めをしないとな」

彼はあの夜の一件以来剛太郎には何かと理由をつけてはこの店へ飲みに来るのを断っていたので、剛太郎はその日もどうせ弘樹は断るに違いないと判断しひとりでその店にやって来たのだろう。

カウンターに座ったものの彼はその女が客の間を忙しそうに動き回る姿を目の隅でずっと追っている。女の姿を追う彼の心臓は意味もなく不確実な鼓動を打ち続けてそのために彼は息苦しさを感じるようになっているがそんなことを知るはずもない剛太郎は二日前の休日に東京へ行った時のことを既に回らなくなった舌で話し続けている。

「それでよ、その女があんた幾つなのって聞くんだよ」

幾つなのというところで彼は背中をピンと伸ばすと、顎を突き上げ目は下目遣いにすると高慢な女の表情を作って見せた。

女は先刻より三人連れの会社員の傍にピッタリと座ったまま時々いつものような蓮っ葉な笑い声を上げている。遠くから見ていても目じりをピンクに染めて掬《すく》い上げるような彼女の眼つきからして何か卑猥《ひわい》な話題のようだ。

「やっぱり帰るよ。何だかまた頭がガンガンしてきたから」

急に立ち上がった彼を剛太郎は眠そうな目で怪訝そうに見上げると、そうかやはり調子悪いか、うん、早く家に帰って寝ろよと言いながら後はテーブルに突っ伏すともう規則正しい寝息を立て始めていた。

「幼気《いたいけ》な弘樹少年もそうやって男になっていったのね。でもさ今となってはそれもいい思い出だったんじゃないの？」

ビールはすでに泡も消えて細やかな水泡がグラスの底から上に向かって走っている。ビールは麻美の口の中でもう苦さだけしか残さない。彼女は揶揄《からか》うように彼に空のグラスを掲げると乾杯の仕草をしてみせる。

違うんだ、そうじゃないんだよと呟いた彼は固く目を閉じると心の中で叫ぶ。

(僕が記憶の中から消し去っていたあのことを、目の前のあの絵が、突き刺さるようなあの目が十五年前に僕がした悪魔の所業を容赦なく思い出させるんだ)


一度女を抱いたことで却って彼の中の欲情は掻き立てられることになってしまった。男の生理は昼も夜も女を抱きたいと思い続けている。篠田摩季にとってそれはなんとも不運なことだったがしかしいつの頃からか摩季は弘樹との出会いは必然なことだったなどと言いだすようになっている

雲一つない野原に寝転がりながら彼の小さい頃の話を聞くのが摩季は特に好きだった。横臥《おうが》した彼女の体の下には踏みしだかれた青草が春の匂いを放っている。その日も彼は彼女にせがまれてすっかり忘れていた学齢前の四つか五つの頃の話を始めた。それは晩秋の午後、ひとりで留守番をしていた彼は何故だか突如自分が天才の絵描きだと思い込み家中の壁という壁に母親の口紅で落書きを始めたという話だったがそれに聞き入る春の陽を浴びた摩季の滑らかな頬の産毛が眩しく光っている。

「その時家には僕だけしかいなくてその時のやるせない気持ちが僕にそのような妄想を抱か

せたのかも知れない」

　彼女はそうかも知れないわねという印か首を上下させる。

「僕の視線が鏡台の前の口紅に止まると僕は迷うことなくそれを手に取りまず居間の壁に思いっきり直線を引いてみた。母親は口紅をその日の気分によって自在に変えるおしゃれな人なので母親の鏡台には何本もの口紅が入っていたのだが僕はそれを次々と取り出し壁に塗り込んでいったんだ」

「全部の口紅がなくなるまで描いたの？」

　人差し指で彼の頬を優しくなぞりながら彼女は尋ねる。

「いや、二本が無くなったその時に手に持った買い物かごを床に落とし家中に響き渡る母親の悲鳴で僕の天才画家というその妄想はあっけなく幕をおろしてしまった。でもその時の母親が僕にくらわしたビンタの痛かったことは今でも忘れないよ」

「その落書きした壁まだ残っているの？　私、見たいわ」

　ことほどさように彼女は彼の何もかもを知りたがったが摩季は彼があまり彼女のことを知ろうとしないのが不満であなたは私のことを愛していないのねと詰め寄った。しかしその時の弘樹にとって女は抱きたい女かそれとも抱きたくない女かのどちらかだけであって、その女にまつわる諸々のことなどにはほとんど興味が無かったというのが正直なところだった。

とは言いながらも彼と摩季はそれぞれに異なった愛ではあったものの結構幸福ではあった。そして愛し合うものたちがするように彼と摩季も二人だけの時間をより多く作るようになっていった。

「なんで君は最初から結果だけを拾い出そうとするのだい？」

弘樹の冷静な声に力が抜けたように摩季はその場に頽《くずお》れてしまった。一年で一番寒い二月のその時期に《恋の塚》にやって来る人などは皆無だが彼ら二人にとってその場所は誰の邪魔も入らない二人だけの世界を構築してきた大切な場所だ。その日彼らがそこで会ったのは摩季が彼にある報告をするためだった。

「生理が二週間も遅れているの」

摩季がそう言ったのは彼女の家を出て彼を最寄り駅まで送る二日前の道すがらだった。彼女の家庭が通常の家庭とは違い開放的なのは父親が画家ということも大いに関連があるかも知れない。広い屋敷には常にいろいろな人の出入りがあり、摩季の家族も弘樹をそれら大勢の内のひとりとしてみている節があり娘と弘樹との関係などこれっぽっちも疑ってはいない。というのも摩季の家での二人は常に秩序正しい高校生を装っていたので親たちが気付くはずがないのも当然といえば当然のことだったかも知れない。

彼女の告白を聞いた弘樹は翌日すぐに薬局で妊娠検査薬を買いその夜に参考書を届ける名目で摩季の家に立ち寄った。そしてその結果を聞くために二人は翌日《恋の塚》で会ったのだがそれは最悪の結果で摩季は錯乱状態にある。

「産める訳がないではなくて実際のところ君がどのようにしたいのか言ってくれよ。産みたいのか産みたくないのか僕は君が望むことを最優先するつもりだしそれに合わせて他のことも少しずつ変えていくつもりだ。そうするのが一番良い方法なんじゃないだろうか」

興奮するだけの摩季を宥《なだ》めるために彼は幾つかの選択肢を提示してみる。

「弘樹はどうなの？　私の気持ちより弘樹の気持ちはどうなのよ。産んで欲しいのかそれとも産んでもらうと迷惑なのかどっちなの」

「僕の気持ちを言ってそれを君に押し付けてはいけないと思うのだ。とにかく君が良かれと思ったようにすればいいんだから僕の気持ちなど考えることは無いんだよ」

彼は産んで欲しくないという正直な自分の気持ちは敢えて封印しあくまでも彼女の口からそれを言わせようと誘導する。

「高校二年生の私に良かれと思うようになんて言ったってそんなこと解る訳がないじゃないの。私たちが抱えている数多くの問題の中で最も重たい比重を占めるのは弘樹の気持ちでそれが結論を左右する要素なのよ」

「だからこそ僕がそれを言ってはいけないと思うんだよ。僕の言ったことによって君のこれからの人生が本来進むべきものとは全く変わってしまうこともあり得るのだから僕はそんな無責任なことが言えるはずはないよ」

「狡いわ。私の生活を変えてしまうということより弘樹は計画していた自分の人生を私なんかのために変えられるのが不愉快でたまらないんでしょ」

《恋の塚》でする話にしては何とも不釣り合いな内容だが三月に入ると二人は毎日のようにそこで落ち合ってはそのことを話し合った。

「分かったわ、産まないわ。この結論を結局は私の自発的な意思で導き出したことにすり替えようとするあなたは救いがたい卑怯者よ」

憎々し気に言葉を吐き出す彼女の唇は小刻みに震えている。

春休みに入ると弘樹は不審がる親からかなりの額の借金をすると摩季を連れて隣町の場末の小さな病院に入った。

「止めて！」

ジェットコースターは頂上から加速度をつけて降り始めている。急降下したそれは降りたそのままの速度で今度は少しだけ上方にカーブした場所に差し掛かっていたが線路はその小高い山頂で見事に寸断されていて加速度をつけた状態のジェットコースターはどうすることも出来ないまま舞うように空中に放り出された。

「止めて！」

空中を舞う瞬間に意識が途切れそしてどのくらいの時間が経った時か曖昧な目覚めがあった。するとまた次の瞬間にはジェットコースターは頂上から加速度をつけて寸断された場所に差し掛かっているのだ。

「ヤメテ！　イヤー、止めて！」

意識が途切れる瞬間と戻る瞬間が何度か繰り返されその何度目かに意識が戻った時彼女は手術の失敗で自分は死んでしまったのだと思った。夢を見ているのであれば当然飛ぶ瞬間に目が覚めるはずだと思ったからだが、恐ろしいほど膨大な数の一コマずつのフィルムそれも全てが同じフィルム、それがパタンパタンと一定の速度で終わることなく映し出されていくのだ。パタン、パタン、パタン、パタン。ギリシャ神話の神に背いたシジフォスが科せられた山頂に大きな岩を永遠に運び上げる不毛の作業よりもこちらの方がもっと過酷な罰だ。確かにシジフォスには絶望感と疲労感はあるかも知れないがしかし彼には少なくとも一向に減速しないスピードが永遠に続いていくという恐怖感は無いだろう。いや、むしろ彼は平安な時間の連続をただやり過ごしているのだとさえいえる。何故なら同じことを飽きもせず繰り返すこと、それこそが平安というものなのであるそうだからだ。

「止めて！　やめて！」

彼女の手をしきりに揉みしだく感覚とその上に冷たいものが落ちてきた感覚とでベッドの上の摩季の五感は呼び覚まされた。

「ごめんね、ごめんね」

鼻汁と涙をごしごしと彼女の手の甲に擦りつける弘樹の短く刈り上げた頭が彼女の目の前で前後している。

「アー、私生きていたんだ」

彼女の囁きに顔を上げた弘樹は彼の右手を彼女の左手に重ね合わせると痛くなるほど力を込め握り締めた。

摩季が小さい頃、夕方の買い物に出掛け母親と信号の変わるのを待っている時、六歳の摩季が車道に飛び出さないように白く柔らかい母の手が小さな彼女の手をしっかり包み込んでいる。彼女は大丈夫というように母の手の中で暴れたりしてみるが母の手はますます力を込めてほとんど痛いと思うほどだった。信号を渡ると彼女は手の平を母の手の平に合わせ指を広げて母の指と交互にすると母と対等になったような気がした。時々その合わせた手にギュッと力を入れると母もまたギュッと握り返す。彼女が二回ギュッギュッと力を入れると母もまた二回ギュッギュッと力を入れる。市場の人の波に埋没していても時々握りあった手にまた力を入れると彼女は安心していられた。

　彼女はその時のように挟まれた指に力を入れてみると彼は前より一層力を入れて握り返してきた。彼女はこの二週間ですっかり削《そ》げてしまった彼の頬を空いている右手の先でそっとなぞってみる。

「私たちはあまりにも若すぎたのよね。でも私、本当は産みたかったのよ。何故って私たちの子どもだったのですもの」

　彼女の左目の涙が鼻の付け根を通って右目に流れ込むと大きな水滴となってシーツにシミを作った。

「あゝ、僕たちの子どもだったのだものね。可哀想なだけの子どもだったね」

　彼が鼻を一つ啜り上げながら囁くくぐもった声は彼女の聴覚に心地良く響く。

「ねえ、弘樹。私が高校生のこんな状況じゃなかったら私は弘樹の子どもを産んでも良かったのよね」

「あゝ、こんな状況でなかったのなら…な。僕だって産んで欲しかったさ。二人の子どもだったのだもの」

　昨日よりいや一時間前より彼は明らかに饒舌になっている。口ではそれらしいことを言ってみるものの彼はこのひと月の心の重荷を取り払ったかのようにむしろ晴れ晴れとした表情をしている。細く開けた窓から入る早春の風が密着している二人の頬を優しく触れるような柔らかさで撫でていく。

「ねえ、弘樹。来年の三月に私が卒業したら私たち結婚しましょうか」

彼の耳朶に彼女の甘い囁きが響いた時一瞬体を震わせた彼は彼女と密着していた頬を素早く引き剥がすと薄く笑った。

そしてその年に卒業した弘樹は予てから予定していた大学入学のために逃げるように東京に引っ越して行った。

己の欲望に負けた挙句の弘樹の結論は結局のところ現状から逃げ出すことだけだった。とにかく彼はあの地を離れることだけを考え摩季に対する労わりの気持ちなどこれっぽっちも持つこともなかった。

いくら若かったとはいえ彼のした行為はとても許されるものではない。いまさらながら自分は何て卑怯な最低男だったのかと彼は叫び出したい気持ちになっている。


辺りはすっかり暗くなりそれまでガランとしていた店内には客がポツポツ入り始めにわかに店は活気を帯びてきている。その時刻から店はレストランから飲み屋に変わるのか店の主人は夜用の暖簾《のれん》を持つと忙しそうに店の外に出ていった。

少し前から何が原因なのか彼がすっかり黙り込んでしまったのを心配した麻美は彼の顔を覗き込む。その時彼女はまだそれほど騒がしくないこの時間にとにかくこの旅行中に話そうと思っていたことを言ってしまおうと決心する。子どもが出来たことで彼が自分から離れて行くというのならそれも仕方のないことだと彼女は思っている。確かに弘樹とは最悪の状況の時に出会ったのだしそれから二年が経ってまた元のひとりぽっちの状態に戻るだけだと思えばいいだけのことだ。男に裏切られたくらいで心が傷つくほど既に純情でもなくなっているしと彼女は心に呟くと下を向いたままの彼の耳もとに口を近づける。

「実は私ね三日前に病院に行ったのよ。そしたら妊娠三か月だって言われたわ」

驚いたように顔を上げた弘樹は彼女の方に身をよじって何か言おうと口を開いたがその顔がみるみる朱を帯びると泣き笑いの表情になった。

その時店の奥からカウンターの中に女が入ってきたのは彼女が先ほどまで接客をしていた男と交代するためだろう。その小太りで厚化粧をしたママらしい女の唇の左横の黒子を目にした彼は見覚えのあるその黒子の女をもう一度見ようと姿勢を正した。下顎にたっぷりと贅肉が付いているためか肉付きの良い体に厚化粧の顔がめり込んでいるようにも見える。目立つほどの化粧を施したその顔は間違いなく十五年前スナックだったその店で働いていた蓮っ葉な笑い声を立てる垢ぬけないあの女に間違いはないようだ。ただの従業員だったあの女はどんな手を使ったのか抜け目なくこの店の女将に納まったようで今は貫禄十分な雰囲気だ。何気なく観察する彼の視線をその女も感じているのか彼女も怪訝そうに弘樹とその横に座る麻美をチラチラと見る。そして次の瞬間女は十五年前の弘樹との出来事を思い出したのか思いっ切り蓮っ葉なあの時と同じ笑い声を上げた。

「あらぁ、忘れるものですか、多岐川さんでしょ？　お帰りなさい」

彼は何ともいえぬ曖昧な笑顔を見せると反射的にカウンターの上の麻美の手を取った。そして彼女の耳元に口を寄せると小さく囁いた。

「明日僕の実家に行ってみようか」

驚いたように目を大きく見開いた麻美のその目には涙がみるみる膨れ上がったが彼女は流れ落ちる涙をそのままにコクンと小さく頷いた。

かくして多岐川弘樹の理性を無くした今年の暑い夏も終わりを遂げた。

シマウマ

「にいちゃん、これから飲みに行くか?」

そう声を掛けてきた男は手に持った二十個ほどのパチンコ玉を彼の空《から》になった上皿にパラパラと落とした。その思いがけないプレゼントは負けが込んだ白川拳《しらかわけん》がもう帰ろうと腰を浮かせた瞬間を見計らったようなタイミングの良さで上皿に落とされた。腰を浮かせたまま声の主《ぬし》を見上げた彼はそこに三か月前の春一番の強風の吹く夕刻に彼の隣の部屋に越してきたあの強面《こわもて》の男を見た。

三か月前の夕刻、彼がアルバイト先の家電量販店から戻ると大きな布団袋を背負った中背の筋肉質の男が彼の住むアパートの二階に続く鉄製の階段をゆっくり上って行くのが見えた。強風に煽《あお》られた男は階段の途中で苦しそうに足を止めては大きく息をついている。アパート前に止めたミニバンの中ではもう一人の男が幾つかの段ボールを車から下しているがそれを横目に彼は布団袋の男に続き階段を上って行った。

彼が名前だけは立派なその久保山《くぼやま》ハイツに暮らし始めてから丁度一年が経つ。ハイツとは名ばかりのその建物は四畳半の部屋に半畳の流しが付いただけのものだがその間取りと同じものが上の階に二部屋そして下の階にも二部屋ある独身者向けの簡易アパートだ。北池袋の裏通りに建つ築四十年近くのその傾きかけたアパートを借りる人も今はいないが、北池袋という地の利もあってか十年ほど前までは耐乏生活をする学生や単身者で常時埋まっていたという。しかし家賃はいくらか高くはなるものの小奇麗なアパートが周辺に建ち始めると人々は一人また一人とそちらに移ってやがて久保山ハイツを借りる人はいなくなり今は無人アパートになり果ててしまっている。不動産屋が言うところの家賃格安が取り柄の風呂なし隙間風は入り放題のもう何年も無人の解体寸前のアパートという紹介文の通り、拳がそのアパートに入居してからの一年間残りの三部屋はずっと空いたままになっている。

布団袋を担いだあの男は何を好《す》き好《この》んでこのようなぼろアパートに越して来るのだろうと自分の事は棚に上げて拳は呟く。階段を上り切った彼は開けっ放しのドアから四畳半一間の男の室内を覗き見る感じになった。丸見えの部屋の真ん中に勢いよく布団袋を下ろした強面の男と部屋の前を通り過ぎる彼との視線が一瞬絡み合ったが彼は軽く会釈しながら通り過ぎると自分の部屋の鍵を開けた。段ボールを抱えた男が拳に続いて階段を上って来ると隣の部屋からは男二人の会話が曖昧な雑音として聞こえてくる。二人はしばらく話をしていたがやがてドアを閉める音がしたかと思うと階段を下りていく二人の話し声が遠ざかっていく。彼はしばらく隣の様子を窺っていたが二人が階段を下りていった後は隣から物音は一切せずどうやら引っ越し作業はあれだけ終わったようだ。それにしても布団袋が一つと幾つかの段ボールの荷物だけで大の大人の引っ越しが終わりだとするならばこれからの日常をどのようにして送るつもりなのだろうか。

それから何日かが経つうちに玄関での出会《であ》い頭《がしら》や階段の下などで拳は数回男と顔を合わせたもののお互いに軽く会釈するだけで未だに男の名前すら知らないし知ろうとも思わない。しかしそれにも拘らず空き皿にパチンコ玉を落とした男はいきなり「にいちゃん、飲みに行くか？」と声を掛けてきたのだ。

拳は反射的にハンドルを握ると男が上皿に入れた玉を弾いて見せたがそれらは一瞬で外れ穴に落ちていく。軽い笑い声を残して男が歩き出すのにつられて彼も立ち上がるが男の手には換金するための特殊景品と思われる細長い箱が幾つも握られている。

パチンコ店の裏口から少し離れた建物の前で彼が男を待っているとやがてポケットに手を入れた男が軽快な足取りで建物から出てきた。拳に目をやった男は顎を突き上げこれから行く方向だろうか飲み屋が密集している駅裏方面を指し示すと肩で風を切るように彼の前を歩き出した。ベージュのダブルのスーツを着た五分刈りの鋭い目つきの男が繁華街の真ん中を歩くと前から来た人たちは反射的に道を空ける格好になるのだが彼らにしたら強面の男の後にピッタリと張り付いている自信なさげの丸い目を瞬《しばた》かせている青白い痩《や》せっぽっちの男のことは何と思っているだろうか。拳は男の真似をして肩を心持ち上げいかり肩にするとそれを前後に大きく揺すって後に続くが男のがに股O脚の歩き方を真似する必要がないのは拳が生まれつきの筋金入りのがに股O脚だからだ。

「何でも好きなもの頼んでいいぞ」

駅裏の居酒屋に入ると男はその日はパチンコで思わぬ臨時収入があったことを知らせるためか背広のポケットを二、三回叩くと拳にニッと笑った。

広島から上京して一年になる二十二歳の拳はこの数か月でほんの少し酒の味を覚えたところだ。久保山ハイツには風呂などという洒落たものは当然付いているはずもなくそのため二、三日おきに近くの銭湯に通っているのだがその帰り道おやじが一人でやっている小さな飲み屋にフラッと入ったのが酒を覚えた始まりだった。お金のない彼が注文したものは一合の酒につまみはその店で一番安いオニオンスライスだったがその旨さは彼の胃の腑にじんわりと染み込んでいった。そのことがあってからは風呂の帰りに時々その店に立ち寄るのだが今では店のおやじも心得たもので彼が何も言わなくてもオニオンスライスと一合の酒を出してくれるようになっている。

「オニオ…オニオンスライスを…」

彼が遠慮がちにもぞもぞと口ごもるとたぶん彼より四、五歳年上と思われるその男は突然笑い出した。

「何だぁにいちゃん、そんなものが好きなのか?」

男はしばらく笑い続けていたが笑いを引きずりながらも刺身や焼き鳥などを適当に注文し

てくれる。やがてビールが運ばれてくると拳はご馳走になる前にまずは自己紹介というものをしなくてはと姿勢を正すと頭を下げた。

「まだ正式に挨拶をしていませんでしたが僕、白川拳と言います」

強面のその男は黙って頷くと中ジョッキのグラスを軽く掲げる。

「拳か、なかなか強そうないい名前だがそんな青白い顔とひょろひょろとモヤシみたいな体では完全な名前負けだよな」

そりゃ確かに名《な》は体《たい》を表しているとは言い難い自分の名前だが、どう見たってやさぐれたとしか言いようのない目の前の男の名前だってどうせ大《たい》したことは無いに違いない。名前負けでないと言うのであればやさぐれ男め！　その名前がどれ程のものか教えてもらおうじゃないか。

「さあて、何ていったか忘れちまったな」

拳の問いかけを男ははぐらかすが彼には名前を明かせない特段の事情でもあるというのかそれともただ単に拳のような芋の煮えたも御存じない若造とは極力関わりたくないということなのか。

「俺に名前がなければ不都合だと言うのなら、にいちゃんが適当に田中でも山田でも呼んでくれて結構だよ」

男はそう言うとニヤリと唇を歪める。

「それならこれからは肩股《かたまた》さんと呼んでも良いですか」

一瞬間《ま》をおいて拳がそう言ったのはこの店に来る道すがらいかり肩でがに股O脚の男の後ろをずっと歩きながら彼はこの男には文字通り《肩股》という名前が最も相応しいと思ったからだ。

「あん？　カタマタ？」

「はい、肩こりの肩に相撲で内股掛けというのがあるでしょ？」

男は一瞬怪訝な顔をしてみたものの好きにしろという心算《つもり》なのか手にしていたグラスを口に運んだ。

「実はちょっと訳ありでさ」

そう男が口にしたのはそれぞれがいい具合に酔いが回ってきた時のことだ。

「では肩股さんはその訳ありから身を隠すためにわざわざあの薄汚いアパートに越してきたということなんですか？」

確かに三か月前に布団袋一つと数個の段ボールだけで引っ越してきた後も彼の部屋に家財道具が運び込まれた様子はないし、先日も拳が通りすがりに開いたドアから見た部屋は三か月前のあの時と同様に何もなく人が住んでいるとは思えない生活感のなさだった。

「まあ、そういうことだ」

肩股さんの言葉に拳は何と言って良いのかを分からないままにそれは大変ですねと言ってみたものの彼にも何が大変なのかは良く分からない。男は見たところどこかのしかるべき反社会的組織に属しているようでもあるがその男からは組の幹部になれるような迫力は微塵《みじん》も感じられない。

「にいちゃんは絵描きさんなのかい？」

隣から漏れてくる揮発性の油の臭いやスケッチブックを抱えて出掛ける拳を時々見掛けてそう判断したらしい男の目は酔いのためか焦点が定まらない。

「イエ、昼は家電量販店でアルバイトをしながら夜は絵画研究所で絵を勉強しているまだ絵描きとしては全くの初心者の状態です」

「アルバイトをしながら勉強とは、そりゃあ立派なことだねぇ」

「両親を亡くし弟と二人きりなので誰にも頼らず一人でやるしかないのです」

「そうか、それは大変だね」

男は感激しやすい性質なのか拳の打ち明け話を聞いているうちに何に感激したのか急に黙り込むと鼻をすすり始めた。この程度の苦労話に大の大人の涙腺が緩むなどとはやくざの風上にも置けないと思った彼は思わず、えーっ、泣く場面かよと小さく呟いてしまった。すると男は彼の声に敏感に反応すると恥ずかしそうに顔を歪めうるせいやいと照れ隠しのように呟いた。

「にいちゃん、もう一軒行くか？」

そう言いながら立ち上がった男の足元は覚束ない。

反社会的世界に身を置いているにしては涙腺のネジは緩《ゆる》み加減だし前後不覚になるまで酒は飲むわで格好の悪いことこの上ない。その筋の人間ならそれらしくもうちょっとビシッとしろってんだと独り言を言いながら彼が男の後を追って外に出ると男はどこへ行ってしまったのか姿が見えない。朦朧《もうろう》とした意識の中でそれから後どのようにしてアパートに辿り着いたのか彼の記憶は定かではない。


梅雨に入りその日も朝から小止《こや》みなく雨が降り続いている。その夜遅くに同じ研究所の嵐山《あらしやま》順太《じゅんた》がビールを抱えて彼のアパートに久し振りにやって来た。広げていた絵具や画集を一か所にまとめた彼は順太を迎え入れるとまず尋ねた。

「もうすっかり良くなったのか？」

十日あまり風邪で研究所を休んでいた彼の顔色はすっかり元通りの色艶になっている。

「うん、それより隣に誰か入ったのか？」

隣に明かりが点いているのを見て順太はそう尋ねるが彼は三か月ほどここに遊びに来ていなかったので新しい住人が隣に越してきたことなどは勿論知らない。

「こんなボロ部屋を借りるモノ好きはお前だけだと思っていたけれどお前以外のそのモノ好きはいったいどんな奴なんだ？」

「それが一見すると怖そうなお兄《あに》ぃさん風なんだが、これが何と看板に偽りありで全く締まらないったらありゃしない奴なんだ」

拳が大きな目を細めて嬉しそうに笑うと順太は興味深そうに頷く。順太の持ってきたビールと乾き物のおつまみでいい気持ちになってきた二人の声は徐々に大きくなっていく。と隣の壁越しに大きな怒鳴り声が聞こえてきたと思ったら境の壁を思いきり足で蹴るドスンという音が響いてきた。

「てめえら、さっきからうるせえんだよぉ、いい加減にしろぃ」

締まらない奴とは言ってみたもののやっぱり現役は迫力あるなと拳が囁くと順太も肩をすくめてみせる。囁き声になった二人はそれでもぼそぼそと話しを続けていたがその時鉄の階段を密やかに上がってくるヒールの靴音がしその靴音は隣の部屋の前で止まった。小さくドアをノックする音がした後にドアを閉める音が聞こえてきたのは隣の部屋にヒールの主《ぬし》が入ったということだろう。

「女だな」

二人は顔を見合わせたまま隣の音を聞くために耳をそばだててみるものの男とも女とも分からない不明瞭な音声が僅かに聞こえてきただけでその後はほとんど何も聞こえない。

「さっき肩股さんがうるせいって壁を蹴ったけれど、隣の話声がこんなにも聞こえないということはさっきの僕たちはよっぽど大きな声を出していたということだね」

「隣の人は肩股さんていうのか？」

「いや、以前駅裏の居酒屋で酒をご馳走になったことがあるんだが、その時肩股さんが俺は名乗る程の者じゃないから勝手に好きな名前で呼んでくれてもいいって言ったんだ。だから僕はそれ以来勝手に肩股さんて呼んでいるんだ」

そして拳は立ち上がると肩股と名付けた由来をより明確にするために男が肩をいからしてがに股Ｏ脚で歩く様子を実演してみせる。

「そりゃあいいいや」

順太は手を打って喜ぶが隣に気遣ってか声はかなり抑えている。そしてそれから又しばらく二人はいろいろな話をしていたが順太が思い出したように言う。

「なあ、隣に入った女さあ、この時間だもの、今日は泊まる気だぜ」

「あゝ、そうだな」

「ちょっと覗いてみないか？」

順太は好奇心むき出しの弾んだ声を出すと拳に手動ドリルを要求しそして何でもいいから音楽を掛けろと命令する。

「きょうは持久戦で肩股さんの部屋にのぞき穴を貫通させるんだ」

「やめろよ。いくら看板に偽りありのヤーさんであってもさっきのような怒鳴り声を出す男だぞ」

しかし順太は内から湧き上がる好奇心に抗《あらが》いきれずに隣の部屋に面している押し入れを静かに開ける。そして唯一の収納場所である押し入れに効率よく整理し収納してある拳の諸々の荷物を静かに取り出し始めたのは突貫工事をする彼が入れるだけの隙間をそこに作ろうということなのだろう。

「おい、お前は隣との境の壁がベニヤ板一枚を張っただけだなんて思っちゃいないだろうな。建築基準法ではこんなチャチな木造アパートでも境界壁は軽鉄下地のプラスターボードで出来ていてたぶん厚さは十五センチ以上あるはずだぜ」

「マジかよ。オレはせいぜい三、四センチかと思っていたんだがな」

順太は途端に突貫工事への意欲を失ったのか押し入れから這い出ると出したものを元に戻し始めたがその作業は高等パズルのように難解で元通りのように整然と納まらないことに順

太は苛立ってきた。

「それにさ、物音に気付いた肩股さんが乗り込んできてこんな所を見られたらそれこそ半殺しの目にあうかも知れないぞ」

順太は顔も知らない隣のお兄ぃさんに半殺しの目に遭わされて川に浮かんでいる自分の姿を想像したのか作業の手を止めると大きく身を震わせた。そして荷物を元のとおりに仕舞うことを諦めた彼は出ているものを適当に押し入れに放り込むとそろそろ寝ようかと呟くが、彼はその後に隣で何か妖《あや》しげな声が聞こえたら必ず起こしてくれよと付け加えるのを忘れなかった。

梅雨寒《つゆざむ》の翌日も朝から雨が降り続いている。体を丸め熟睡している順太の背中に張り付いた拳は彼の耳元にからかうように囁いた。

「お隣さん昨日は凄かったな」

熟睡しているにも拘らずそのひとことで順太の脳は瞬時に覚醒したようだ。

「エーッ？　どうして起こしてくれなかったんだよ」

飛び起きた順太は敷布団の上に胡坐をかくと無念そうに頭を掻きむしった。

「なあ、腹減らないか。もうランチやっているよな」

予想以上の順太の反応に笑いをかみ殺しながら拳は馴染の定食屋へのランチを提案する。

学生や独身のサラリーマンを主な客としている駅の傍のその定食屋は安くてボリューム満点の料理ばかりで彼らも常日頃から良く利用している店だ。

「サバ味噌定食一つとご飯を一つお願いします」

注文を取りに来た店のおやじさんは一人前の定食を二人で分け合う吝嗇《りんしょく》ともいえる毎度の注文にほとほとあきれたように首を振る。

「お前たちなぁ、たまには豪勢に二人分を注文してみたらどうなんだ」

一つの定食のおかずを二人が分け合って食べるのをこの一年間ずっと見ているおやじさんはそのように嫌味を言ってみるのだがそのように言いながらもおやじさんは残り物の煮物や揚げ物の一品を時々定食の盆の隅に載せてくれたりする。二人はおやじさんに言われた嫌味を理解しているのかいないのか柳に風とばかりおやじさんの背中にぺろりと舌を出すだけで全く意に介さない。

「なあ、どうして起こしてくれなかったんだよ」

立ち去るおやじさんに目をやりながら順太はまたしても昨夜の隣から聞こえてきたという悩ましい声に話を戻す。

「ウソウソ、何もなかったよ。お前の落胆ぶりがあまりにも面白かったのでちょっとからかってみただけだよ」

順太は疑わしそうに上目遣いに拳を見たものの次の瞬間明るい声を張り上げる。

「だよな。オレ危うく本気にするところだったよ。それが本当ならばきょうもお前のところに泊まらなければならないなんて思っていたんだ」

やがて二人の間にサバ味噌定食が置かれると慌てて箸を取り上げた二人の脳内からはたちどころに色気のいの字は消え去っていった。


梅雨入りしてから五日間降り続いていた雨はその後パタリと止んだままもう一週間が経とうとしている。家電量販店のアルバイトが休みの梅雨の晴れ間のその日、拳は戸外で風景を描くには絶好の日和だとばかりに油絵の道具一式を抱えて玄関のドアを開けたところで肩股さんと鉢合わせになった。

「おはようございます」

彼がそう言って軽く頭を下げると近くの店に煙草か酒かを買いにでも行くのだろうかサンダル履きで黒シャツに黒ズボンの肩股さんがオッと軽く手を上げた。

「にいちゃん、これから映画を見に行くか?」

彼の後ろから階段を下りてきた肩股さんは突然思いついたのか彼の背中にそう声を掛けてきた。

「僕、これから絵を描きに行くので…」

映画を見に行くかなどととっさに言われても彼にしても予定があるというものだ。

「映画を見に行くのにその大きな荷物は邪魔だな」

肩股さんは彼の声が聞こえてないのかそう断定する。

「雑司ヶ谷《ぞうしがや》の鬼子母神堂の大イチョウのあるあの街並み…行ったことありますか？ 前々から描きたいと思っていたんですよ」

彼は必死の抵抗を試みてみる。

「いいからいいから、大イチョウのその街並みが消えて無くなる訳じゃああるまいし、描きに行く機会はこれからいくらだってあるじゃないか。ほら、にいちゃん、早くその邪魔なものを置いて来いよ」

拳に言わせればそれこそ映画なんか見に行く機会はいくらでもあるじゃないかと言いたいところだが肩股さんの有無を言わせぬ口ぶりに反抗することも出来ないまま何故か彼は部屋に荷物を置きに戻ってしまう。彼が絵の道具一式を置いて階段をかけ下りると肩股さんは当然彼が後からついてくるものだと思っているのだろう、がに股O脚のあの独特な歩き方で既にかなり前を歩いている。駆け足で追いつき肩股さんと並んだ拳は肩股さんと相似形になって梅雨の合間の青空の下を歩き出した。

当時北池袋のその界隈には数軒の映画館が林立していたがそれぞれの館は上映する内容が明確に分かれておりある館は文芸ものばかりを専門に上映、別の館では任侠映画や時代ものそして見境なく洋画なら何でも良しとする館もあったりしたのだがしかし面白いことにどの館もほどほどに客の入りは良いようなのだ。

肩股さんが向かう先はどうやらアパートから一番離れている任侠映画専門の映画館のようでその軽快な足取りから推察するに彼は久保山ハイツに越してきてからこの館には足繁く通っているようだ。

（確かに肩股さんが文芸ものの館になんか入る訳は無いっか）

彼は妙に納得すると生まれて初めて観賞することになる任侠の世界にいささかの興味が湧いてくる。

映画館の前で立ち止まった肩股さんは建物に沿った壁一面のガラスケースの中のポスターを入念に見ている。そして今上映している二本立ての映画のおおよそを理解したらしい肩股さんは後ろに立っている拳をチラッと見てから顎をしゃくると「さぁ、行くぞ」とばかりに入場口を指し示す。目の前の切符売り場を素通りすると彼は慣れた足取りでスキンヘッドの大男が立っている入場口に向かったが、拳としては切符も買わずに肩股さんはあの大男が立つ鬼門《きもん》をどのような方法で突破する心算《つもり》なのだろうといささかの恐怖を覚えている。さりながら何としても肩股さんに遅れてはならじと拳は彼の後を小走りで追いかける。

「オッ！」

入口でもぎりをしているスキンヘッドの大男にそう言いながら右手を上げた肩股さんは拳を振り返るでもなく中へ入っていく。ほとんどパニック状態であったものの拳もこわごわ右手を上げ肩股さんの真似をして「オッ！」と言ってみる。今にも泣き出しそうな顔の拳に大男は一瞬目をやったもののそれが場内に入って良いという合図なのか無言のまま首を場内の方に向けた。

売店から肩股さんがポップコーンとコークを二つ抱えて戻ってくると上映時間のブザーが鳴りそれを合図に二人は任侠の世界へと入って行った。

二本立てのかれこれ四時間近くを任侠の世界にどっぷりと浸かった二人はすっかりあちらの世界の人間になってしまったようだ。映画館を出た二人は肩をそれまで以上にいからせて歩いていくがしかしそれは彼らだけではなく映画館から出てきた人たちはことごとく第二の肩股さんになっている。

お子様連れの買い物客で混み合う商店街で遅い昼食を取ろうということになり二人はとりあえず目の前のファミリーレストランに入ったのだが何故か二人はトマトケチャップのたっぷりかかったオムレツを注文した。

「俺はこれから用事があるからこれで失礼するよ」

口元のケチャップをナプキンで拭いながらそう言うと肩股さんは立ち上がった。

「えっ？」

絵を描きに行く予定をあれほど強引に中止させられた彼はその日は徹底的に肩股さんに付き合うことになるものだと覚悟もしていたのだが突き放すような肩股さんの言い分に彼は呆然と彼を見つめるだけだ。

任侠映画の後にはこれでもかというほどケチャップのかかったお子様向けの甘いオムレツ、大事な休みだというのに何とも締まらない取り合わせに付き合わされたものだと彼は怒りを覚えると同時にやりきれない気持ちになってくる。思い起こせば彼は二十二年の人生で望まないことに巻き込まれることが数多くあったが考えてみればそれもこれも全てに旗幟《きし》を鮮明にしてこなかった己の軟弱なこの性格のせいだと益々自己嫌悪に陥る。


八月も末になったがその日も早朝から久保山ハイツを取り囲む樹齢何十年という樹々からは降るような蟬の声がしている。

「これから大磯の海へ行くから早いとこ支度をしろよ」

けたたましい蟬の声に混じって隣の部屋から壁を思い切り叩く音と肩股さんの大きな声が

聞こえてくる。

彼のアルバイト先の家電量販店でのシフトを把握しているらしい肩股さんが彼に声を掛けてくるのは決まって彼が休日の日だ。

昨夜は絵画研究所がはねた後、彼は何人かの研究所の仲間たちとちょっと飲んでからアパートに帰ったのだが翌日は休日だと思うと心置きなく制作に没頭でき明け方まで集中した時間を過ごすことになった。彼としてはその日の午前中はゆっくり眠り午後からは昨日の続きをという計画を立てていたのだが人の都合などお構いなしの肩股さんは寝入りばなの拳に執拗に声を掛けてくる。

「オイ、何をぐずぐずしているんだよ」

夢うつつの彼が無視したままでいるとその五分後に今度は部屋の境の壁を足で蹴り上げる音がする。彼が目覚まし時計を引き寄せ目をやるとまだ七時前だ。

「たくっ、こんな時間に何だっていうんだよ」

理不尽な理由で叩き起こされた彼は空腹も手伝ってか無性に腹が立ってきた。

「おい、早くしないと置いていっちゃうぞ」

しかし彼は置いていってくれて結構だと呟きながらも何故か分からないうちに起き出してしまう。そしてのろのろと身支度を整えた彼が表に出ると階段下では既に肩股さんと黄色のワンピースの連れ合いが木陰の中に待っており、あまり待たせるんじゃないぞというようにちょっと笑う。

「別に僕は置いていってくれて結構なんですけれど」

「まあさ、そう拗《す》ねんなよ。せっかく待っていてやったんだから」

「それに僕、海にはあまり行きたくない事情があるんです」

「何を言っているんだ。晴れ渡ったこの青い空に青い海だぞ。これを見たらにいちゃんのその憂鬱な気持ちも吹っ飛ぶってもんだ」

「何で今僕が憂鬱なんですか？　絶好調ですよ」

「オーオォ、彼女もいないのに絶好調だなどと見栄なんか張っちゃって」

確かに上京してから一年が経つというのに女性とのそのような機会に彼は全く恵まれていない。研究所での友人の嵐山順太も同様で二人は顔を合わせる度に必ず恵まれないお互いの身の上を嘆きあうのが常だったたから肩股さんの的を射たからかいは彼の弱い部分にグイと突き刺さる。

「とにかく山ならまだしも僕は海が嫌いなんですよ」

彼は精いっぱいの抵抗をして見せたものの並んで歩き出した二人の後に結局は続くことになる。しかしまだ本格的に眠りから覚めていない彼はいつものような歯切れ良い肩股さんの歩き方が出来ない。

大磯に向かう電車の中でも肩股さんは彼に格別気を遣うでもなく無視するでもなく古い知り合いのように心地よい沈黙の中にいる。

こんな気持ちの良い日は連れ合いと二人だけで出掛ければ良いものを肩股さんはどうしてそれほど親しくもない僕などを連れて行くのだろうと彼は考える。しかし肩股さんが言っていた「実は訳があって身を隠しているのだ」が事実とするならば討手《うって》から目を逸らすためめの拳は単なる隠れ蓑かもしくはいつもしょぼくれた様子の拳を肩股さんはただただ憐れんで一飯《いっぱん》くらいは施してやろうということなのかどちらかなのは間違いないだろう。


「愛されずして沖遠《おきとお》く泳ぐなり」という藤田湘子《ふじたしょうし》の句を拳に教えてくれたのは高校二年の二学期に転校してきた〝拗《す》ねた秀才〟と拳が密かに呼んでいた沼田修一郎《ぬまたしゅういちろう》だ。

四歳の時に子宮がんで母親を亡くした修一郎は再婚した父親と新しい母親の間に二人の男の子が生まれたために予期せぬ異母弟を二人持つことになった。その後の彼はいろいろと問題行動を起こすのだが彼がしでかしてきたことは一概に彼の理不尽な犯行などとだけでは片付けられない両親との救いがたい確執があったためとも思える。

修一郎は多くは語らなかったが家庭的に複雑な事情があるようで転校してきて一か月が経っ

た頃に拳と二人だけになった教室で彼は問わず語りに驚くべきことを口にした。

「実は僕は両親に愛されたという記憶がないんだ」

天井を見上げながらポツンと呟いた彼はその時湘子の代表作ともいわれているその句を拳に教えてくれたのだ。その句を口ずさむ彼は拗ねた秀才らしからぬ、俳句という分野までにも造詣の深い彼に拳は思わず尊敬の眼差しを投げかけた。

「湘子は師である水原秋櫻子《みずはらしゅうおうし》とはある時期までは良好な師弟関係だったのだが長い内に反目し合うようになったという。師に疎外されるというその辛い時期に皮肉にも彼は代表作ともいわれるこの句を作ったといわれているんだ」

生まれてから一度も愛されたという記憶がないという修一郎にしたらたぶんその句は湘子と修一郎のそれぞれの愛されない状況は違っていたとしても、空疎な日常の中にいた彼の心にストンと落ちたに違いない。

「僕は小さい頃から海が好きで一人でも良く泳ぎに行くんだが無の境地で沖遠く泳ぐ気持ちは最高だぜ」

海？　沖？　泳ぎの出来ないない拳は一人で海にそれも遥か沖に行くという修一郎に羨望のようなものを感じる。

「何故ならあそこではいくら泣いても涙は海水に溶け込んでしまうし僕の張り上げた声は寄

せ返す波の音が見事にかき消してくれるからさ」

修一郎は拳に海の素晴らしさをひとしきり話すと泳ぎが出来ないという拳に向かって来年の夏には必ず海に行こうぜと言う。瀬戸内には至るところに海水浴場があるから僕がひと夏特訓すればお前は沖にも出られる見事なスイマーに必ずなれるはずだよと彼は自信たっぷりに笑う。そしてその後に拳の一年後を予言するかのように彼はきっぱりと断言したのだ。お前もこれから先の長い人生に於いていろいろなことが起こり沖遠くで泣き叫びたい時が必ずくるはずだからと。

年が明け三年の一学期になって間もなく修一郎は担任の教師と思想的なことで諍《いさか》いを起こし退学せざるを得ない状況になった。そうなると当然のことに拳があれ程楽しみにしていたその夏の修一郎との水泳の特訓は無くなり、結局沖にも出られるような見事なスイマーになる拳の夢も立ち消えとなってしまった。

そしてそれから十か月後、高校卒業を目前にした拳に突き付けられた試練は車で買い物に出掛け自動車事故に遭った両親との別れだった。対向車の不注意の事故だったのは不幸中の幸いともいえるが三歳下の弟のことも考えると彼の一浪をして希望の美術大学へ行くという進路計画は断念せざるを得なくなり結局彼は就職の道を選ぶことになった。

その状況の中で彼は修一郎に泳ぎを教えて貰わなかったことをつくづく後悔した。お前もこれから先沖遠くで泣き叫びたい時が必ずくるはずだからという修一郎の言葉が痛いほど身に突き刺さったが修一郎はこのような時の心情の拠り所として彼に沖遠く泳ぐことを勧めたに違いない。そして拳に湘子の句を教えてくれた拗ねた秀才・修一郎はあれから後も一人沖遠くに泳ぎに出掛けているのだろうか。

藤田湘子の句の通りに孤独に堪えながら遠く沖合から砂浜に肩寄せ合って座る肩股さんと連れの女を拳は眺めている……とそのような妄想をしてみるがそれは見事なスイマーになれなかった彼の叶わぬ願望だ。孤独を気取って一人沖合に行っているはずの彼は沖遠く行こうにも如何《いかん》せん決して行くことは出来ない。

贅肉のない体をカッコよくハーレーのサーフパンツで決めたまでは良かったが海辺に立ってかなりの時間が経っているというのに彼は砂浜をうろつくばかりで今まさに遠く沖合にいるのは架空のもう一人の彼自身なのだ。

「何だぁ、にいちゃん泳げないのか?」

拳が水着に着替えたもののいつまで経っても海に入らないのを不思議に思っていた肩股さんは彼の傍に来るとからかうように耳元で囁く。

「だから海は嫌だって僕は言ったじゃないですか」

水着でウロウロするだけのこのような恥かしい目に合わせてと抗議の意味も含めて彼は肩

股さんを睨み付けた。

「とか何とか言いながらハーレーのサーフパンツなんかで決めちゃったりして」

　肩股さんはからかうようにサーフパンツの拳のお尻をひと撫でする。

「ボク…実は七歳の時に海で溺れかけたことがあってそれ以来ずっと水が怖いんです」

「情けない奴だな。そんなことじゃあにいちゃんは俺たちの稼業は無理だな」

「どういうことですか」

「俺たちの稼業はな、死と隣り合わせの稼業なんだ。我々の業界ではあからさまな殺人をするわけにはいかないから手を替え品を替え事故死に見せかけるためにとんでもないことをやらかすんだ。それは偶然を装った自動車事故または海に突き落とされた水難事故で始末することも良くある話なんだが、海の場合は事故に遭ったとしても潜ってしまえばいくらでも逃げられるだろ。だからそのような時でも生き残ることが出来るように組に入る際には競泳テストがあり泳ぎが達者じゃない奴は組には入れてもらえないことになっているんだ」

　初めて聞く話に驚きを隠せない拳は丸い目を一層丸くする。

「だからにいちゃんみたいに泳げない奴は組に入る前の数週間は必死で水泳教室に通うんだ。そしてある程度泳ぎが達者になった時点で初めて組の競泳テストに参加出来る資格を手に入れられるという訳さ」

「確かに僕にはその資格はないですね」

二人の話を楽しむように聞いていたオレンジ色のビキニの連れ合いが堪《こら》えきれないとばかりに笑い出す。

「馬鹿が…本気にしやがって。そんなことある訳ないじゃないか」

まんまと担がれ狼狽する拳を見た肩股さんは「にいちゃんのこれから先がなんとも気掛かりだ」と大笑いすると連れ合いと海に向かって走り出した。

遅まきながら状況を飲み込んだ拳は羞恥のあまりその身の置き所が分からない。彼はやみくもに頭を掻《か》き毟《むし》ると拗ねた子どものように熱く乾いた砂をつま先で何度も蹴り上げた。やさぐれ男の肩股さんにこれから先の心配なんかしてもらわなくたって結構さと呟くとやっと彼はパラソルに戻り不貞腐れたように寝ころがった。全てを燃えつくすようなその日の強烈な日差しがパラソルを通して彼の上に降りかかってくる。


「兄貴、この四畳半から兄貴は絵描きとしての第一歩を踏み出すんだ。無一物《むいちもつ》のあの〝あしたのジョー〟だって山谷のドヤ街にある丹下ジムの屋根裏から出発して黄金のあの腕で欲しいものを全て掴み取ったんだぜ。江戸時代の経世論家《けいせいろんか》の林子平《はやししへい》こと六無齊《ろくむさい》の《親《おや》も無し　妻《つま》無し子《こ》無し版木《はんぎ》無し　金《かね》も無ければ死にたくも無し》の歌の通り六無齊そのままの兄貴だけれど兄貴にはこんなに心優しい弟がいてその上ジョーと同じく飛び抜けた無鉄砲さと未知なる才能があるじゃないか」

三歳下の弟の公平《こうへい》は頭脳明晰で今は奨学金で地元の大学に通っているが時として拳よりずっと年上のような訳知り顔をして彼に言い聞かせる。

「オオ、お前いいこと言ってくれるなあ」

「確かに兄貴にはジョーのような人並み外れた身体能力は皆無だがそのクリッとした目の人を不快にさせない愛嬌のある容姿がある上にスター性十分な白川拳などというクールな名前を持っているんだぜ」

「公平、そんな嬉しいことを言ってくれるとさ、オレどんどん木に登っちゃうぞ」

「この四畳半から出発した兄貴が最終的にどれだけの者になりどれだけの物をその手に掴み取ることが出来るのかボク本当に楽しみにしているんだぜ」

「いいねいいね。オレをもっともっと高く登らせてくれよ」

一年前に広島から上京した拳が初めて北池袋のそのアパートに越してきた時、広島からレンタカーのバンに同乗してきた弟の公平はそう言って不安気な彼を励ました。

あれから一年が経った今何かが変わっただろうか、いや何も変わっちゃいないといまいましげに拳は呟く。それどころか世捨て人のように身を隠している肩股さんからも心配されるようじゃあ何をかいわんやだ。ビニールシートの上でうつ伏せになった彼は今の状況を何とかしなければと呟きながらいつの間にか眠りに落ちていった。

「にいちゃん、昼ごはんにするからそろそろ起きなよ」

二人はいつ海から上がってきたのか、ビニールシートの上にはおにぎりや卵焼きや煮物などが雑然と並んでいる。

「関東の味付けは辛くて馴染めないが関西の味付けはやっぱりいいよなあ」

肩股さんは煮物のこんにゃくを口に入れながら連れ合いに目をやった。

しばらくは関東の味で我慢するのも仕方ないわねと暗に今の不自由な状況を受け入れるように肩股さんを諭すと連れ合いの女は拳におにぎりを渡した。その日のために彼女は暗い内から腕を振るったようだがあのアパートの肩股さんの何もない部屋でこのような手の込んだ料理が作れるはずもないのだから連れ合いの女はあのアパート近くに別の住まいを持っているということなのだろうか。二人の関係は依然として模糊《もこ》としたままだがどうやら二人が関西出身なのは間違いないようだ。全てが良く分からないまま彼は女から勧められたおにぎりをほお張り卵焼きをつまんだ。

空腹が満たされ人心地がついた三人は並んでぼんやりと海を見ていたが眠気を催してきたのか肩股さんが大きな欠伸をしながら横になると女もそれに倣って横になった。しかし青白い体のままの拳はいくらかでも日焼けをしておこうと二人を残して波打ち際に行ったものの脛までの水浴びは何とも格好が悪い。

「私ね、ホラ、こんなにきれいなのを見つけたよ」

貝殻を探すふりをしてかがんでいた彼に三歳くらいの女の子が左手を広げてみせる。海という最高のシチュエーションだというのに声を掛けてきたのは彼が夢想していた若い女と呼ぶにはあまりにも早すぎる子供ではないか。

なかなか満足いくのは見つからないんだよと言いながら彼が見た女の子の手の中にはピンクの貝殻が三枚昼下がりの日差しの中で光っている。ひとつ上げるねと言いながら女の子は貝殻を一枚つまむと彼に差し出した。

「お兄さんに遊んでもらっているの？」

母親らしい人が拳の爽やかな風貌としなやかな体を見て警戒心を解いたのか優しい声を掛けてくる。

「お友達とご一緒？」

彼は振り返ると丁度体を起こした肩股さんと連れ合いを指さした。

「あの人たちと一緒に来ています」

母親は驚いた顔をすると慌てて女の子を引き寄せ抱き上げた。

「ねっ、今ならまだ引き返せるからあなた良く考えるのよ」

そして母親は憐れむような目で彼を見ると足早にその場を去っていった。

無理もない、常識的に考えると世間から明らかに逸脱《いつだつ》した様相の肩股さんが知り合いだとなるとそれ以上関わりあうのも躊躇《ためら》わざるを得なくなるだろう。確かにそうだよなと呟きながら彼が二人の傍に戻り綺麗に焼けしたでしょと彼らの前で一回転してみせると彼らは満足そうに頷いた。

そして彼らが拳と交代してまた泳ぎに行くとその間彼はまたぼんやりと時間をやり過ごす。その繰り返しがそれから数回続いたところでやっと陽が傾きかくして彼のなんとも格好の悪い最悪の一日が終わった。

十月に入ると頬に当たる風も幾分冷たくなってきた。八月の大磯の海で成長のない一年間を大いに反省した彼はあのあと気持ちを入れ替えここのところ絵の制作に集中している。来年にはどこかの団体の公募展に挑戦しようと決めた彼は目的を設定したためか今まで以上に気持ちが上向きになっている。

「明日上野の動物園に十時頃出掛けるからな」

拳のアルバイトのシフトを把握している肩股さんが前夜遅くに彼の部屋のドアをノックす

ると当然のようにそう言った。脂がのっている彼は集中して制作に取り掛かりたいと思いながらも何故か彼に逆らうことが出来ない。

ウィークディだというのに晴れ渡ったその日の上野の森はそれなりに混み合っていて公園では大道芸人たちが声を張り上げあちこちからもそれに負けてはならじとけたたましい楽器の音が鳴り響いている。

「こんなに大勢動物園に行く奴がいるのか？」

上野といえば肩股さんの頭には西郷さんか動物園しか浮かばないのだろう、ＪＲ上野の改札口を出た肩股さんは予期せぬ混雑ぶりに面喰《めんくら》っている。

「違いますよ。十月になると芸術の秋とやらでそれまではスポーツ新聞を読んでどこのチームが勝ったとか負けたとか大騒ぎしていた多くの人が何故だか俄《にわ》か芸術家になるんですよ。そしてそのスポーツ新聞愛読人口がそのままこぞって上野に移動し美術館巡りをするということでこのように混み合っているという訳なんです」

「そうか、安心した。こんなに大勢の人が全部動物園に行くのかと思い驚いたよ」

肩股さんは納得したように頷くと申し訳なさそうに拳に目をやる。

「にいちゃんは絵描きさんなんだろ？　本当は動物園よりみんなと一緒に美術館巡りをしたいんじゃないのか？」

「いえ、きょうは動物園に来たのですから美術館はいいんです。それとも肩股さんは美術館に入りたいですか？」

「俺がそんな芸術を観賞するような玉じゃないことくらい端《はな》っから分かっているだろうににいちゃんは俺に何を言わせたいんだ？」

前を向いたままの肩股さんがぼそっと呟くのを聞いた拳がクスッと笑ったのはいつの間にか肩股さんは肩股という妙な名前を受け入れ文句を言うでもなく返事まで返すのはどう考えても笑うに値すると拳は思ったからだ。

動物園へ入場する人たちの列は蛇行しながら続いているが一目でその筋の人と分かる肩股さんが何の文句を言うでもなく静かに並んでいるのに違和感を覚えた周りの何人かの人たちが怪訝そうに彼を見る。確かに映画館に入った時のように顔パスで入園しても良さそうなものだが彼は待つ時間もむしろ楽しむようにその口元には微笑みが浮かんでいる。

「肩股さんは動物園が好きなんですか？」

「いや、動物園というより俺はシマウマが好きなんだよ。ガキの頃神戸の動物園で二時間シマウマを見ていたことがあった」

「二時間も？　友だちはいい加減うんざりしてもう帰ろうよと言ったでしょう」

「いや、一人だったから」

一人で行った動物園で二時間シマウマを見続けていた肩股少年の孤独を思い拳は少しばかり胸が詰まった。

広い園内をはぐれないように二人は前後しながら歩いていたが時々肩股さんの目付きが異様に鋭くなる。その度に拳は辺りを見廻してみるのだがこれといった怪しげな人も見当たらない。明らかに彼は何かに怯えているようにも思えるが身を隠すのなら髪型も服装もごくありきたりのものにして市井《しせい》に溶け込むようにすればよいと思うのだが彼は敢えて一目でその筋の人だと分かるいで立ちを改めようとはしない。しかし仮にその他大勢のいでたちに改めたとしても肩股さんの体に染みついてしまったその業界の垢のようなものは拭い切れないのかも知れない。

園内をかなり歩いたところで緩やかな勾配を柵で囲んだ放牧地にやって来たがその牧柵《ぼくさく》の中には四頭のシマウマが秋の日差しを浴びてゆったりと歩き回っている。肩股さんは遠くから彼らの姿を見つけると吸い寄せられるように柵に近づいていった。拳にはどのシマウマも皆同じに見えるのだが肩股さんはしばらく見ているうちに四頭の違いが明確に判別できるようになったばかりか彼らの性格までを拳に説明する。

「肩股さんのお気に入りはどれですか?」

「一頭だけ離れたところにいる奴、あいつはなかなかいいな。群れているようであいつはそうじゃないんだ」

広げた両腕を柵の上に載せてシマウマを見つめる肩股さんの目はシマウマを二時間見続けたというあの何十年か前の少年に戻っているようだ。

「いつもご馳走になっているほんのお礼です」

公園内の出店でホットドックとお茶を買って来た拳がシマウマを食い入るように見つめている肩股さんと並ぶとそう言いながらそれを手渡した。すると厳しい表情でシマウマを見ていた肩股さんの顔が一瞬にして和らいだ。

「俺さ、今日みたいな晴れ渡った日にホットドックをほお張りながら誰にも邪魔されずにこうしてシマウマを心ゆくまで見るのが夢だったんだ」

ホットドックの温かさを両手で包み込むとアリガトナと肩股さんは呟く。

「今までだって機会はいくらでもあったでしょうに」

「いや、にいちゃんが一緒だから出来たことで、この格好の俺が動物園で一人シマウマ見学じゃあ何とも締まらない話だと思わないか?」

柵に体を預けた二人は口を動かしながら動き回るシマウマを目で追っていたが食べ終わってもゴミを持ったままの肩股さんは動こうともしない。愛《いと》おし気《げ》にシマウマを見続けている肩股さんの手からゴミを引き抜いた拳は彼に声を掛ける。

「折角だから他の動物も見に行きませんか？」

「俺はいいからにいちゃん一人で回って来いよ」

シマウマの何がそれ程までに彼を捉えて離さないのか拳には分からなかったが肩股さんは頑としてその場所から離れようとはしない。それから一時間が経ってひと通り園内を見て廻った拳がシマウマの放牧地に戻ってみると一時間前と同じ位置で同じ格好をした肩股さんがシマウマを見続けている。

「シマウマのシマ模様にはなんの意味があるんですかね」

さり気なく横に並ぶと拳は肩股さんに問い掛けてみる。そんなこと俺が知るかよという肩股さんの返事を彼は想像していたのだが意外な答えが返ってきた。

「シマ模様がどうしてあるかについては白黒テレビほどの色しか認識できない視力の肉食動物から身を守るために彼らも風景の一部となってそこに溶け込むためだとかまた太陽光の吸収率の違う黒色と白色で全身を覆うことで体温を調節しているとかも言われているんだ。それとシマ模様が伝染病を媒介する吸血バエから身を守っているんだとかいろいろな説があるんだそうだよ」

肩股さんの意外な知識に拳は思わず彼の顔に見入る。

「吸血バエから身を守っているという説には確たる統計があってな、その理由ははっきりとは分からないそうだがシマウマ以外の他の種類の馬にある吸血バエの毒素が何故かシマウマだけには見当たらないんだそうだ」

「さすがシマウマ博士ですね。でも肩股さん、せっかく来たのだからシマウマだけではなく他の動物も見たらどうですか」

「じゃあ、シマウマの芸術的なあのシマ柄は縦じまか横じまかを当てることが出来たら他も見ることにするよ」

肩股さんは子どもみたいな謎かけを拳に突きつける。別に他を廻って貰わなくたっていいのだけれどと思いながら彼が「縦じま！」というと彼は仕方ないなという顔をしながら柵に載せていた両腕を下ろした。そして名残り惜しそうにシマウマの方を振り向くとやっと放牧地を後にした。

強面の男と栄養不良にも思える痩せこけた若者がシマウマのシマは縦か横かと議論しているのは傍から見たら何とも滑稽な図かも知れない。

「意外かもしれないけれどシマウマのシマは横じまなんだそうだ」

肩股さんが動物園を出てからそう言ったのは、拳が一人で園内をうろつき廻っている姿を想像して気の毒に思った彼の配慮だったのかも知れない。

十一月も半ばになると吹く風は急に冷たくなり寒い日が続いている。絵画研究所の仲間四人で来春に銀座の画廊でグループ展を開催しようという話が急に持ち上がり彼はこのところその制作に神経を集中させている。

「おう、にいちゃん、絵の方は捗《はかど》っているか」

その日の朝は一段と冷え込みが厳しく彼はなかなか蒲団から抜け出ることが出来ないでいた。布団の中でこんな寒い日にはコンビニの温かいおでんが一番だと思うもののそれから五分が経ち十分が経ち結局彼がコートをひっかけ部屋のドアを開けたのは思い立ってから三十分が経っていた時だ。その時朝帰りなのか肩股さんがふらふらした足取りで階段を上って来るのとぱったり出会ったのだがすれ違いざまそう声を掛けてきた肩股さんの体は前後左右に揺れている。

「はい、何とか頑張っています」

「どんな絵を描いているのか一度見せてみろよ」

肩股さんも人並みに社交辞令なんか言うのだと思わず笑ってしまった彼もまた人並みの社交辞令で何時でもどうぞと返した。

しかし驚いたことにその日の夕方一度見せてみろよの言葉通り肩股さんは拳の部屋にやって来たのだ。

「俺の部屋にもいくらかこの臭いは漂って来ているが、何だあ、この部屋のすさまじい臭いは。こんな狭苦しいところでこの臭いじゃあ、にいちゃんのその頭も相当いかれちまっているんじゃあないのか？」

好き勝手なことを言いながら肩股さんは物珍しそうに彼の描きかけの絵を眺めているがやはり揮発油の臭いが気になるようだ。

「にいちゃん、冬でも窓を大きく開けて空気の入れ替えをしないとその内シンナー中毒になってしまうぞ」

彼のことを心配してくれているのかそれともシンナー遊びをしていた昔を懐かしんでいるのか呼吸を荒くした肩股さんが細めに開けていた窓という窓を全開にした。すると冷え切った厳しいまでの夜気は容赦なく二人に襲いかかる。

絵画研究所に通い始めて二年も経っていない拳は未だに定石通りに物の形を正確に捉えている段階で文字通り初心者と言っても良いだろう。そのような段階で開催する来春の仲間たちとのクループ展には当然のことにいわゆる誰もが理解できる風景画や静物画を出品することになるはずだ。この二年間で描きためた作品群は描きたいものを闇雲《やみくも》に描いているためにテーマは一貫していないがそのうちに自分だけの確固としたテーマを見つけたいと彼は思っている。

肩股さんは重ね合わせた作品を次々と繰っていくがその中から今年の春に近くの公園に行って満開の桜を描いた三枚の絵を見つけるとそれらを抜き出した。肩股さんはそれらを壁に立てかけるとしきりに見比べている。

「これを貰うわ。いくらするんだ？」

肩股さんは三枚の中でもひときわ艶《あで》やかな満開の桜の絵を手にすると気に入ったのかしきりに頷いている。いつか肩股さんと一緒に見た任侠物の映画の世界を彷彿《ほうふつ》とさせるその絵はやはり彼の感性に一番ピッタリくるのかも知れない。

「まだ素人に毛が生えたくらいの下手な絵ですからお金はいいです」

「それはダメだよ。にいちゃんは趣味で絵を描いている訳ではないんだからそれ相応の対価を受け取らないと理屈が立たないというものだ」

そう言うと肩股さんはスーツのポケットから膨らんだワニ革の財布を取り出し何枚かの紙幣を彼の前に置いた。

「相場が分からないのでじゃあ気持ちだけということで…」

たぶんひと月のアパート代はあるかと思われる紙幣をそこに見て彼は困惑した。しかしもし彼がそれを拒否でもしたら肩股さんはいつかのように啖呵《たんか》を切り足で壁を蹴とばすような恐ろしいことになるやも知れない。

「有難うございます。それではお言葉に甘えて遠慮なく頂きます」

彼の普段の質素な生活ぶりを見ていた肩股さんは彼の作品を買うことで彼の生活の一助にでもなればとの思いだったのだろうと理解した拳は素直に嬉しかった。

「よかったら桜の花びらをひとひら、ふたひら散らしましょうか」

嬉しさのあまり拳が調子に乗ってそう言うと肩股さんは何故か真剣な表情になって少し考えてみたものの思い直したように、いや、このままがいいと絵を手にすると頑張るんだぞと拳に言い残し立ち上がった。

肩股さんが久保山ハイツからいなくなったのに拳が気付いたのはそれからどのくらい経ってからのことだったか。それは肩股さんが彼の桜の絵を買ったその夜のことだったのかそれともっと後のことだったのか今となっては分かるはずもない。


それから丸一年が経って彼は計画をしていた通りにとある美術団体の公募展に応募しそして入選した。上野の都美術館に展示される自分の作品を見るために小春日和のその日彼は美術館に出掛けたのだが、その時通りすがりに上野動物園の看板を見て彼は一年前のあの日のことを鮮明に思い出した。その時彼が長い行列に並んでまで動物園に入る気になったのはもう一度シマウマを見たくなったというよりもあの柵の前でシマウマにじっと目を凝らした肩股さんがもしかしたらいるかも知れないというあらぬ妄想に捉《とら》われてしまったというのが本当のところかも知れない。

一年前のあの時のように蛇行しながらの長い列が続いていたがあまり待つこともなく人々が園内に吸い込まれていく。シマウマの柵の前にはほどほどの人がいるもののあの時の肩股さんのように根っからのシマウマ信者がいないのは次々と人が柵の前を移動して行くのを見れば分かる。

「シマウマは気性が荒くあまり人にはなつかないといわれているがそれでも現在まで多くの先人たちがシマウマを家畜として飼いならすことを試みたらしいんだ。しかし何物にも媚びない性格のあいつらを家畜として手懐《てなず》けようとする人間どもの企みはことごとく失敗に終わったらしい」

あの時そうも話していた肩股さんは特殊世界に身を置きながら特殊世界には不向きなほどの優しさを持つがために世間と相いれない己自身に歯噛《はが》みしていたのかも知れない。それでいながら柵《しがらみ》にがんじがらめにならざるを得ずだからこそシマウマのような孤高の佇まいに憧れていたのかも知れない。

にいちゃんのこれから先がなんとも気掛かりだと頼りなげな拳を見て肩股さんはそう言っていたが一年前のあの夏より少し逞しくなった僕のほうだって肩股さんにこう言ってやりた

いんだと拳は思う。

満開の桜の絵をたった一枚抱えただけで何処《いずこ》へか去って行った肩股さんの行く末の方が僕はよっぽど気掛かりなんだ…と。

母のアマン

脳梗塞で倒れたあの人が三鷹駅から少し離れた緊急病院に搬送されたのは二月の寒空にどこからともなく蠟梅《ろうばい》の甘やかな香りが漂う立春も間近い頃だ。その日あの人の家の雨戸が昼過ぎになっても閉まったままになっているのを懇意にしている近所の人が不審に思い緊急連絡先になっているあの人の長女である加納亜弥子《かのうあやこ》の会社に連絡をしてきたのがすべての始まりだった。

「お嬢さんのところにでも遊びにいらしているのでしたらよろしいのですが…こんなことは今までになかったことですのでちょっと心配になって…」

確かに自身を厳しく律しながら生きているようなあの人の性格からしたら昼過ぎになっても雨戸を閉めたままにしておくなどということは考えられないことだ。あの人の身に何か予期せぬことが起きたのは容易に想像できたので新宿の勤め先を早退した彼女はとりあえずあの人がひとりで住む三鷹の実家に向かいそこでベッドから転げ落ちて意識が混濁しているあの人を発見したという訳だ。

某一流建築会社の役員をしていたあの人の夫は二年前に既に亡くなり三人いる子供のうち四十一歳の長男一家は転勤で九州に移って丸二年になり二十三歳の末っ子の真実《まみ》は語学留学とやらで一年前からフランスに行ったきりだ。そのような事情で二人の兄妹は全く当てにならるはずもなく結局あの人が倒れたその日からのあの人の世話は埼玉で暮らす長女である離婚歴二回、子ども無しの三十五歳の加納亜弥子ひとりの肩にかかってしまったという訳だがそれも致し方ないことだろう。

今から二十三年前の亜弥子が中学生になったばかりの五月のさして日も経っていない頃のこと、あの人は何の前触れもなく突如家を出て行った。

当時の加納家は三鷹に住んでいたが、三鷹といってもそこはむしろ調布に近いまだ雑木林がそこかしこに残っているような環境だった。しかし少し足を延ばせば周りの自然は四季折々いろいろな顔を見せそこを訪れる人たちを和《なご》ませかつ楽しませてくれ彼女の一家も季節が変わるごとに小旅行と称してハイキングやサイクリングで近辺を訪れている。

風光る五月のその日、亜弥子の家族は深大寺城跡から深大寺を回り神代植物公園に行くというサイクリングの計画を立てていて朝から家の中は何となく慌ただしい。母親は亜弥子に手伝わせながらその日のためのおにぎりや卵焼きやらのおかずを次々作っていく。しかし全ての支度が整い出掛ける段になった時母親が頭痛を訴えきょうは家で留守番をしていると言う。結局その日は母親を残し父と兄と祖母との四人だけで出掛けることになったのだが亜弥子は深大寺城跡や深大寺の境内を散策していても母親のことが気になって心から楽しめない。深大寺から次に行く神代植物公園に向かって自転車を走らせているとその途中に何とも気持ちの良い原っぱがあるのが目に入った。その日の計画ではこれから神代植物公園に行きそこで昼食を取る予定だったのだがその場所では何組かの人たちがビニールシートを広げて楽しそうに食事をしている。昼食時までにはまだ時間があったが広々としたそこで食事をすることに皆の意見がまとまり結局その日はその場所のあまりの心地よさに他の場所に行く気も起こらず四人は夕方までをそこで過ごした。あまり人のいない野原を皆で走り回ったり木に登ったり母が作ってくれたお弁当を食べたりしながら過ごしていたが亜弥子は来られなかった母親のために野辺に咲いている花を摘んでは母への土産の花束を大きくしていった。日が傾きかけてもまだ遊び足りなかったもののひとり留守居をする母を心配する四人は夕暮れの町に向けて自転車をこぎ出した。

「ただいま!」

大きな花束を抱えた彼女が玄関を開けると明かりも点いていない家の中には乾いた静寂があった。彼女の後に続いて家に入って来た父親はテーブルに載った一枚の紙に目をやるとそれに目を落とし読み始めたがやがてそれを祖母に渡す。

そこに何が書かれていたのか父も祖母も黙ったままなので知る術《すべ》はなかったが母が何らかの理由でこの家を出て行ったことは間違いがなさそうだった。

そして次の日からはあとに残された父親そして同居していたあの人の母親つまり亜弥子に

とっては祖母に当たる人と六歳上の兄の秀斗《ひでと》との四人の笑いの消えた暮らしが始まった。しかし突如として始まった母の不在は始まった時と同じように一か月が経った時突如として終わりを告げた。

あの人は何事もなかったかのように家に戻ってくると驚くことに家を出る前と全く同じように自分の定位置を確保し暮らし始めたのだ。十二歳という多感な時期に僅か一か月とはいえ突然母親がいなくなった衝撃は母親に見捨てられたという亜弥子の心の傷となってそれはあれから二十三年が経ち彼女が三十五歳になった今でも決して癒《い》えることはない。

彼女の心の傷は中学一年のあの日以来母親をおかあさんと素直に呼ぶことが出来なくなった形で表れ彼女は未だに母親をあの人と呼んでいる。独身で気ままな今の生活のリズムに予期せぬ母親の看病という難問を突き付けられた彼女は快適な生活が乱されることが不愉快で堪らない。彼女にしてみたらあの人と呼ぶような全く愛情も感じられない人のためにどうして自分の貴重な時間を犠牲にしなければならないかと考えると彼女の苛立ちはますます募り何とも納得がいかない

しかしどうしたことか、あの人が入院して一か月が経った頃のこと亜弥子は歌人でもあるあの人・加納桐子《きりこ》の見舞いに自作の歌の数首を土産の一つとして持って行こうなどと思い立つ出来事があった。

埼玉に住み新宿に勤めを持つ彼女があの人の入院している三鷹まで見舞いに訪れるのは週末の一回に限られている。会社の帰りに三鷹まで足を延ばしてあの人の様子を見ることも出来ないことではないが彼女は敢えて気が付かないふりをしている。

恒例になった週一回のその日の見舞いに朝早くに彼女が自宅アパートを出たのはあの人の昼食の時間に間に合わせようとしたためだ。右半身が不自由になったあの人は倒れる前はあれほど食べることに執着していたにも拘らず今はそのことに全く興味を失ってしまったのか出されたものを義理のようにほんの少し口にするだけになっている。そのような生活が一か月近く続いたためか、それまでの女性らしいふくよかだったあの人の顔は険《けん》のあるものになってしまったのだがあの人の食欲減退のその理由は単に病院生活に疲れてしまったせいとは決して言えないことを彼女は看護師から知らされる。

何故ならば普段は全く食欲を見せないあの人が病院に亜弥子が顔を見せる週末だけは周りの人たちも驚くほどの食欲を見せるのだと看護師さんは彼女に報告をしたからだ。

「やはりお嬢さんの力は偉大ですね」

看護師は感心したように彼女の顔を見るが彼女にしたらそのようなことを言われることも迷惑な話だ。しかし言われてみればあの人にとってたとえ義務で見舞いに来るだけの冷酷ともいえる娘であったとしても誰かと会話をするということは通常とは違う特別な刺激となっ

ている に違いない。

一週間前に看護師からそれを聞いた彼女は「お嬢さんの力？」と愛嬌《あいきょう》のある鼻にシワをよせて笑ったものの、どうせ見舞いに行くのならせめて週末のその日だけでも昼食と夜食の時間は傍にいてあげるのも悪くないかなどと思ってみたりもする。そしてそれから一週間が経った土曜日のその日、早速彼女は昼食の時間に間に合うように早くにアパートを出たのだ。

二時間半をかけてリハビリ治療も兼ねたその病院に着くと丁度昼食の配膳が始まっているところで入り組んだ廊下を配膳係の人たちが忙しそうに走り回っている。あの人のいる四人部屋の奥を覗くと既にベッドテーブルには簡素な昼食が置かれそれをあの人は物憂げに見詰めている。こんにちわと周りの人に会釈しながら彼女があの人の傍に近づくと物憂げなあの人の顔が一変華やかな笑顔に変わった。

「あゝ、良かった。丁度これからお昼なのよ」

亜弥子はベッド横の椅子に座ると一瞬で笑顔になったあの人のそげた頬を見ながらどうやらきょうは私が来たことで看護師さんの言うとおりあの人の食欲はいくらか増すだろうから昼食は残さずに食べてくれるかもしれないとほっとする。彼女はあの人が不自由な左手に先割れスプーンを握って食べ物を次々と口に運ぶ様子をしばらく見ていたが看護師さんの言葉はやはり嘘ではなかったのだと確信する。

少しばかり安心した彼女はこの調子だと持参したフルーツも食べられそうだとサイドテーブルの上段からフルーツを盛るお皿を出そうと引き出しを引いた。上段のそこには通常であれば数種の皿や茶碗が入っているのだがその日まず彼女の目に入ってきたのはオレンジ色の大学ノートでそれを見た彼女の動作が一瞬静止する。何故ならその大学ノートの表紙には震える文字で「ミーハー日記」と書いてあったからだ。意のままにならない己の無様な生活ぶりを自虐的観点から記録してやろうではないかとのあの人らしい発想で入院生活の日々を綴るためにかろうじて動く左手でノートの表紙にそのようにあの人は書いたに違いない。彼女はその大学ノートとその下のお皿とフォークを取り出しベッドテーブルの上に置くと紙袋から果物の入ったパックを取り出した。

「まだちょっと早いけれどこの苺けっこう甘いわよ」

彼女は二つのお皿に苺と剥いてある八朔を均等に盛ると一つをあの人の前に置く。

「きょうはちゃんと真面目に食べているのね」

目の前のものを口に運ぶあの人はあたかも彼女に褒めてもらおうとでもしているかのように黙々と口を動かし続ける。

「そんなに無理しなくてもいいのよ」

彼女は無理をしてでも食べようとしている母親の心根を思い少しばかり切なくなるが、ご飯を一口だけ残してやっとあの人の昼食は終わった。空の食器の載ったお盆とデザートのお皿を入れ替えた彼女は引き出しから取り出した「ミーハー日記」を手に取る。

「ミーハー日記ねえ」

パラパラとノートに目を通しながら彼女は呟く。

「先週あなたが帰ってから急に書くものが欲しくなって看護師さんにお願いして買って来てもらったのよ」

ノートの一ページ目には不自由な手であの人が書いたものだろう、判読も難しい大小の文字が躍っている。筆圧の強弱がかなり激しい上に失念している文字も多いようで書いた文字はかろうじて所々が読めるという状態だ。そこには幼き兄、柚子《ゆず》の実を、初氷《はつごおり》などのうねるような文字が読み取れるが二ページ目に目をやると明らかに母親が書いたものとは違う金釘流の文字が並んでいる。

亡き母に聞き残したる悔しさのたとえばわれ生まれし日の空の色など
あの人もあの人もあの人も生きてゐ《い》し日よ　酔蝶花《すいちょうか》咲く
マヒの手に叩かれて緩《ゆる》く動きゆく　黄の風船の曳《ひ》きてゆく鬱《うつ》

そこには思いつくままを書き散らしただけと思えるあの人らしからぬ不定形の歌が並んでいる。

「この三首は看護師さんに書いてもらったの？」

「そう、私がノートに懸命に歌を書いているのを見たあかねちゃんが…、ああ、あかねちゃんというのは大津あかねさんという四十くらいの優しい看護師さんなんだけど私がリハビリのための五十音を書き写すことなどとは違って何だかとても難しいことをしているように思ったのでしょうね、本当はお手伝なんかしてはいけないのだけれどねと言いながら、あかねちゃんは書くのを手伝いましょうかと言ってくれたの」

「あかねさんはチラッと見たノートに書かれた幼き兄、柚子の実を、初氷なんていう文字を見て単なるリハビリだとは思えなかったのでしょうね」

「そうみたいね。加納さんは何か書く仕事をしているのですかってあかねちゃんが聞いてきたので私は三十一文字《みそひともじ》の世界に長いこと居たのよと言ったらあかねちゃんは嬉しそうな顔をして私は俳句をやっていますって」

「だからあかねさんは歌を詠むこともリハビリだと考えればこれだけ一生懸命にやっているのだから書くことのリハビリのお手伝いは少々して上げても良いのではないかと思ったのかも知れないわね」

体が不自由になってもなお歌を詠み続けようとするあの人に亜弥子は歌人としての執念のようなものを感じている。

「あかねさんには口述筆記をしてもらったの？」

ひとりの患者に長時間張り付いている訳には当然いかないのであの人の口から出る言葉は何日も掛かってあかねさんのメモ用紙に書き取られたに違いない。

その乱雑に書き取られたメモをあかねさんは辞書を引きながら一首の歌にしてそれを母親に見せると母親がそれ直す。何度かのそのような添削を繰り返しノートに書くまでの形にあかねさんはしてくれたに違いない。

何十年振りかで母親の歌を目にした彼女はとうに忘れていた歌人・加納桐子のことを図らずも思い出すこととなった。

亜弥子が幼い頃彼女の家にはあの人の短歌の弟子と称する人たちが何人も出入《ではい》りをしていた。そんな大人に混じった彼女は彼らにいろいろな事を教えられて同年齢の子ども達よりかなり大人びていたがあの人が素人教師をしていたあの時から数えるとあの人と短歌との繋がりはかなりの年月になるはずだ。それだけのキャリアを積んだあの人にとって生きるということはイコール歌を詠むことに違いないと思うとそれを手助けしてくれるあかねさんという存在はあの人にとって感謝以外の何物でもないだろう。

オレンジ色のノートに書き記されたあの人の歌を見たその時、亜弥子の頭には毎週週末の見舞いの折に二、三の自作の歌を持参することはあの人の病院生活での刺激にもなり生きる意欲に繋がるのではないかという親孝行もどきの思いもかけない考えが浮かんだのだ。

何ということだろう、あの人を喜ばすために毎週二、三の歌を詠んで土産にしようなどとは全くお人好しにも程《ほど》があると彼女は心の中で自嘲する。

しかしそれから一か月経ったが彼女は今もあの時の思いつきのままに毎週二、三の歌を必ず土産に持って行くことを続けている。

その日は乗り物の連絡がよく彼女はかなり早く病院に着いてしまった。病院中が朝と昼の間の穏やかな時間の中にいるようなそんな静けさの中にあった。四人部屋の窓際の僅か二平米を今はかけがえのない住処《すみか》としているあの人は雪で晒《さら》したように色素の抜けた白い顔を仰向けにしたまま目を閉じているが身じろぎもしないあの人の組み合わされた手の上には春の日差しが柔らかく落ちている。その手を亜弥子が軽くつつくと夢を見ていたのかあの人は虚ろな目を開き数回瞬きをしたが目の前に一週間ぶりの娘の顔を見ても得《え》も言われぬ曖昧な笑顔を浮かべているだけだ。

「夢を見ていたわ」

「またあの夢？」

入院をしてからあの人は頻繁に夢を見るようになったと言い、それもいつも決まって同じ夢を見るのだと言っては同じ話を繰り返す。

「目を瞑っていても痛いくらいに太陽の光が眩しく感じられるそんな砂浜に子供の私は黄色のワンピースを着て寝そべっているの。いなくなった私を探しに母親が遠くから桐子、桐子ちゃーんと私の名前を呼びながらやって来るのだけれど寝そべっている私をどうしても見つけられないの。私は仰向けになって母親に手を振るのだけれど私を見てもそれが私だと分からないのか母親は大声を出しながらどんどん波打ち際を遠くへ行ってしまうのよ」

あの人は小さな子どもに戻ったように声を震わせる。

「行かないで、私はここにいるのよって大声で叫んでもそれ以上の大きな波の音が私の声をかき消してしまうの」

彼女は土産の和菓子が入った紙袋をサイドテーブルに置くと泣き出しそうなあの人の体を強く抱きしめる。

「大丈夫よ。あっちにいないことが分かればお母さんはまたこっちに戻ってくるわ」

しばらく経つと彼女の腕の中でこわばっていたあの人の体から力が抜けて行くのが分かったが彼女はいつものように今しばらくそのままじっとしている。

私もあの人が見る夢と同じものを中学生の頃よく見たものだが、あの時は祖母が私の体を抱きしめながら大丈夫、お母さんは必ず戻ってくるからと子守歌のようにいつまでも私の耳元で囁き続けてくれたものだった。

彼女はベッドに屈み込むあの人の目じりに流れた涙を人差し指で払うともう一度大丈夫よと言いながら軽く背中を叩いた。そして持って来たピンクのトルコキキョウと一週間前のバラを挿した花瓶を両腕に抱えると病室を出て行った。戻ってきた彼女の花瓶からの溢れんばかりのトルコキキョウを見たあの人は夢のことなどすっかり忘れたかのように満足そうな笑顔を見せる。その笑顔を見た亜弥子はあの人の体を起き上がらせると背中に枕をあてがい座り心地を調整する。

「好きな草餅を買って来たわ。もうじきお昼だけど一口だけ食べてみる？」

お母さんが好きなというべきところを彼女は敢えて主語を外して言う。果物ナイフで四分の一にカットしたそれを更に小さく食べやすいようにするとティシュに載せてベッドテーブルの上に置いた。

あの人が爪楊枝にさしたそれを満足そうに口に運ぶのを見届けてから彼女はバックから一枚の紙を取り出すと椅子に座った。

「きょうは三首作って来たからね」

あの人は娘が自分と同じ短歌を詠み始めたことが余程嬉しいのか弾んだ声を出す。

「読んでみて」

しかし彼女はあの人の言葉には答えず、あの人の顔を掬《すく》い上げるように見ながら彼女が中学生になったばかりの十二歳の時の話を始めた。

「ねえ、覚えているかしら？　私が通い始めた中学校は当時では珍しい情操教育に力を入れている学校だったでしょ？」

「そうそう、そういえば独特な教育をする学校だったわ。あの中学を卒業した人で作家になった人が何人もいるわよね」

母親は彼女が持って来たという歌を読み上げようとしないのに文句を言うでもなく静かに相槌を打つ。

加納亜弥子が十二歳の時通い始めた三鷹のその中学校は府中市にむしろ近く辺鄙《へんぴ》な場所にあり周りには田んぼや畑が随所にあって子どもを育てるには申し分のない環境だった。

その公立の中学校は大正時代から続くという学校でそれまで歴史に残るような作家を何人も輩出しているがその学校から何故そのように多くの作家が生まれたかの理由といえるものとして学校が推奨している古文等の丸暗記教育というものがあった。それは全校生徒が各学年に見合った万葉集《まんようしゅう》や方丈記《ほうじょうき》そして平家物語《へいけものがたり》や徒然草《つれづれぐさ》等の古文を意味も分からないままに丸暗記させられるのだが百人一首も当然その教育の一環で全国中学校での百人一首大会のために全校生徒のほとんどは全ての歌を暗記していた。

入学したばかりの新入生全員はその年の十二月に行われる全国の百人一首大会に向けて取

りあえず校内での予備選をしなくてはならないことが決まりになっている。しかし彼女は四歳くらいの幼い頃から母親が近所の人を集めて短歌を教えていてそのような環境の中であの人の弟子たちに短歌や百人一首を教えられることも多く同年齢の子どもたちと比べるとその分野において彼女は圧倒的に有利であったのは間違いない。その上五人家族の亜弥子の家ではあの人の母親、言うなれば六十歳を過ぎた亜弥子の祖母が何故か百人一首が好きで誰かが遊びに来ると大人でも子供でも必ず捕まえては百人一首大会を始めるのだった。それは祖母なりの情操教育の一環だったのかも知れないが遊びに来た従姉妹たちも祖母に捕まってはいつも文句を言いながらも結局参加せざるを得ない状況になる。大人とか子供とかに関係なく二つに分かれた取り手は小学生であろうとその熾烈《しれつ》な戦いに参加しない訳にはいかない。彼女も学齢前から大人と同じようにそれに参加させられていたのだがしかし祖母はその勝者には毎回何らかの賞品を用意していたため誰もがその賞品に心引かれて言いたい文句も引っ込めることになる。

そのような経緯があり小学二年生の頃には既に亜弥子は意味も分からずに百人一首のすべて暗記をしてしまっていたので中学校の新入生の大会では飛び抜けた成績で選手に選ばれることになったのだがそれも至極当然のことだろう。

「でもね、中学校に入学して一か月が経ったくらいの時初めての予選大会があったの。広い講堂に何十枚と言う茣蓙《ござ》を敷いて一年生から三年生までの選ばれた何十組と言う選手が東西に分かれて容赦《ようしゃ》ない戦いが始まるのだけれど講堂の中は張り詰めた空気で誰もが押し黙ったままで怖いほどだったわ」

「でもあなたはあの当時短歌や百人一首に毎日のように触れる環境にいたのだから一年生とはいえ誰にも負けはしなかったのでしょ？」

のどかな相槌を打つ母親を彼女は私が言いたいのはそんなことではないのと言わんばかりに切れ長の目で見据えると押し出すような強い口調になった。

「それまで我が家でいつもやっていた百人一首が間違っていたことをその時初めて知ったのよ。私がずっと百人一首だと思い込んでいた我が家のものは実は九十九人一首だったということが分かったわ」

あの人は彼女の言っていることが良く分からないというように少し首を傾ける。

「我が家のものには相模《さがみ》という人の歌が抜けていたのよ」

「ああ、それで九十九人一首だということ？」

あの人はやっと彼女の言っている意味が分かったというように頷く。

「おばあちゃんがいる頃は私も生意気に近所の人たちに短歌を教えたりしていたので我が家にはいろんな人たちが出たり入ったりしていたから間違えて誰かが持って行ってしまったの

ではないかしら」

亜弥子はそれには答えずベッドテーブルに置いた紙を手にするとその日作ってきたという歌を読み始めた。

「相聞歌《そうもんか》ひと札欠《ふだか》けいし百人一首しまわるる先は母のアマン」

あの人は反芻《はんすう》するように数秒間沈黙していたがその唇が大きく弾けた。

「母のアマン？　アマンねえ」

「私が中学生になって初めて目にしたその抜けていたひと札と言うのは《恨みわびほさぬ袖だにあるものを恋にくちなむ名こそ惜しけれ》と言う相模《さがみ》の歌よ」

あの人は《母のアマン》という言葉が余程おかしかったのか押し殺したように笑い続けているがそんな母親の顔を彼女は不愉快そうに凝視する。

「一枚の札《ふだ》が無くなったことであなたの想像がこのように膨らんでいくなんてあなたは小説家になるといいわ」

彼女が想像している通り母親とその恋人との間にそのようなことが仮にあったとしても母親が正直に話すとは到底思えない。

母親が突然家を出て行ったのは亜弥子がわが家の百人一首が実は九十九人一首だったと始めて知りショックを受けてから間もなくのことでそのことは思春期の彼女に取って二重の衝

撃となった。

その後母親が家へ戻って来てからも彼女の中では母親は家族を捨てて家を出たもののまたいつの間にか何食わぬ顔で戻って来た恥知らずな人という意識がある。たとえ家を出たのがほんの一時《いっとき》であったとしても私たちは捨てられたという惨めな思いはあれから二十三年経った今でもずっと彼女の心の奥の澱《おり》となって残り続けている。あれ以来母親に対しては決して心を開くことはなくなった彼女はいわゆる世間でいうところの聞き分けの良い娘であり続けている。甘えることも口答えをすることもしない娘をあの人が上手く育ってくれたと思っているとしたらそれは全く笑止千万という他はない。

百人一首のひと札が紛失していた出来事と母親が自宅から姿を消した事実との相関関係を突き止めたい中学一年生の彼女は疑心の元となった相模の歌の解説をしてもらうために学校の備品から相模の札を抜き出し職員室へ向かった。

「あら、加納さんのお母さんは歌人なのだから私なんかよりよっぽど上手く説明してくれるんじゃないの？　どうしてお母さんに聞かないの？」

母親が家を出てしまっているという家庭の事情を知る由もない先生は怪訝そうに亜弥子を見つめる。

「人を当てにしないで自分で考えてみなさいって言われてしまって…」

「自分で考えろと言われてもねぇ、それは少しばかり難しい話だわよね。たぶんお母さんもそうは言ってはみたものの中学一年生のあなたにはまだちょっと難し過ぎると思っているのではないかしらね」

先生はそう笑うと亜弥子が差し出した相模の読み札を手に取る。そしてそれを見ながらしばらく考えていたがやがて口を開いた。

「そう、この歌の意味は私の好きな人が優しくしてくれないので恨めしくて悲しくて私のこの袖は涙に濡れて乾く暇もありません。世間では私のことをあれこれと噂をするのでとてもくやしく思うけれどこの恋のために涙で泣きぬれたまま私は朽ち果ててしまうのでしょうか…というような意味だわね」

「……」

確かに中学一年生の少女にとってその歌の機微など分かるはずはなかったがしかし知ってはいけないない見てもいけないない何か妖しげな大人の世界の歌だと言うことは理解できた。

先生は黙ったままの彼女の方に体を向けると彼女の目を覗き込んだ。

「でも百もある歌の中で加納さんはどうしてよりによってこの相模の札だけを持ってきてその意味を知りたいと思うのかしら」

先生は視線を外さず彼女に問いかける。すると彼女は小学校低学年から自宅では百人一首大会をしていたので全ての歌を知っているはずと思っていたのに中学に入ったら我が家にはこの歌だけがなかったことが分かったので意味を知りたいと思ったのですと正直に話すと先生は納得したようにこの歌はね相聞歌《そうもんか》といって恋の歌、そう、人を好きになった時の歌なのよと教えてくれた。そして加納さんもあと二、三年したらこの歌を少しは理解できるようになると思うわと付け加えた。

母親が家を出てからは彼女の家を訪ねてくる客もめっきり少なくなりいつの間にか祖母もあれほど好きだった百人一首をしようなどとは言わなくなった。そして亜弥子も我が家の百人一首には相模の歌が一枚欠けていたことを祖母には話さなかった。

「他のも読んでみてちょうだい」

母親はなおも笑いを引きずったまま他の歌も読んでと催促する。

「次の歌もやはり私が中学一年になったばかりの時のもので、その時の私の辛かった気持ちを詠ったものよ」

私の辛かった気持ちを詠ったと聞いたあの人の顔からは笑いが消えた。

「団欒《だんらん》の絵のみぞ描く十二の春の寂しきことなど誰にも言わず」

彼女はその歌をわざと二度繰り返して読むと母親の反応を見る。

「私が中学一年生になって間もない頃ひと月くらい家を出ていったことがあったわよね？」

ひと月くらい家を出て行った主語のお母さんという言葉を敢えて使わず切り口上に彼女が畳みかけると突然のことに言葉に詰まった母親は唇を固く結んだ。

「そして一か月が経った時、出て行った時と同じようにフラッとまた戻って来たでしょ。その時の私の思いを詠った歌が次の一首よ。

裡深《うちふか》く鬼棲《おにす》まわせる母もいて苺型《いちごがた》せし飴《あめ》なむる午後
あの人は三首の歌が書かれた紙を手元に引き寄せるとそれを幾度も読み返していたがやがて顔を上げた。

「ねえ、病院の屋上から裏山の見事な桜が見えるのだけれど行ってみない？」

たぶん母親は病室では話せない何かを言うために私を屋上に誘ったのだろうと察した彼女は布団の上のストールを取り上げるとあの人の肩に掛ける。

「でもあと三十分もすると昼食よ」

「大丈夫よ。その時間に食べられない人の分は残しておいてくれるし万が一残してくれなくてもあなたが持ってきてくれた草餅があるわ」

肩に掛けたストールを首まで引き上げ完全防備をすると準備万端とばかりにあの人はにっこり笑い器用に車いすに乗り込んだ。

三鷹駅からかなり奥深い場所に建つその十階建ての病院は辺りに高い建物がないためそこ

だけが突出した高さになっている。そのため屋上から町を眺望する感じになり母親が言っていた裏山の桜どころか周辺の桜も一望のもとに見渡せる。

「ワアー、気持ちいい」

彼女が大きな声と共に伸びをするとどこからとなく沈丁花の香りがしてくる。あの人が緊急入院した時には確か蠟梅の香りがほのかにしていたがあれから二か月が経ったことを彼女は知る。二十三年間曖昧だった出来事が闇の中から今二人の前に引きずり出され好むと好まざるとにかかわらずそのままにはしておけない状況になっているのを彼女は自覚している。

「あそこに見える小高い山を覆っているあの桜がさっき言っていた裏山の見事な桜？」

確かにいくつかある小高い丘を桜が万遍なく覆っているので屋上から見ると幾つもの可愛らしいピンクの山になっている。

「あまりにも見事なので桜が咲き始めてからは毎日のようにここに来ているの」

屋上の周囲にはフェンスが張り巡らされているのだがかなり広い屋上のため閉塞感は全く感じられない。あの人が毎日屋上に来ているというのは間違いないようであの人は所々に置いてあるベンチの一つに慣れた様子で近づくと亜弥子に腰掛けるように促した。確かにその位置に座るとピンクに彩色された裏山が真正面に見えその上春風に舞いながら花びらがこのベンチにまでやってくる特等席だ。

「三、四日前が満開だったから今度雨が降ったら全部散ってしまうわね」

二人はしばらく黙ったまま花びらの舞いを見つめる。

「考えてみるとあなたはあの時ほんの十二歳の子どもだったんだわね」

母親が先ほどの話の続きをするのにあまり人のいないこの場所を選んだのは確かに賢明な選択だったといえる。図らずも封印していたあの当時の記憶を娘の歌によって鮮烈に思い出すことになってしまったあの人は、あの時の娘のあまりの幼さにいまさらながら驚いたのかその声は上ずっている。

「秀斗も丁度大学受験で大変な時だったのよね」

受験勉強に明け暮れるその時の息子のことも思い出したのか母親は下を向いて押し黙る。あの人に家を出なければならないどのような理由があったにせよあの時の幼い娘と受験で不安定な息子の心はそのことによってどれ程傷ついたことだろう。

「あの時、おばあちゃんから何か聞いた？」

祖母も父親もあの人が出て行った時もそして戻って来た時も亜弥子に何ひとつ愚痴を言わなかった。いやそれどころか身勝手なあの人の振る舞いをあの二人は黙って受け入れそれどころか却ってあの人に気を遣っているようにさえ彼女には見えた。祖母も父親も出て行く前と同じ優しさであの人に接していたが亜弥子にしたら良く二人は我慢しているものだと歯がゆくてならなかった。

「十二歳のあなたはまだまだ子供だと思っていたけれどあなたは怖いくらい全てを見ていたのだわね」

あの人は手の平にふわりと舞い降りた桜の花びらを左指に取ると口に含んだ。そしてそのまましばらく呆けたように遠くの桜を見ていたがやがてごくりと喉を鳴らすとその花びらを飲み込んだ。

「今更こんなことを言ってもあなたは信じないでしょうけれど私はお父さんから精神的な暴力をずっと受けていたの」

遠くを見たままのあの人は亜弥子が思ってもいなかったことを呟く。

「力での暴力でなかった分だけそれは性質《たち》の悪いものだったわ。何故ならその暴力ははた目には全く分からない種類のものなのですもの」

あの時の言い訳をするのかそれとも素直に謝るかのどちらかだと思っていたら、あの人は言うに事欠いてあの物静かで優しい父親をそのように都合よく脚色するのかと彼女は呆気《あっけ》にとられる。

「私が初めておばあちゃんにお父さんからの暴力のことを打ち明けた時、おばあちゃんも今のあなたと同じ目をしたわ。でも私が具体的にどのような目に遭っているかを説明するとやはりそうだったのねと納得してくれたわ」

「おばあちゃんがそんな都合のいい責任逃れのでたらめを信じる訳は無いわ」

興奮を隠せない彼女の目が真正面から母親を睨み付けるとあの人は一層押し殺した声になると話を続ける。

「私はおばあちゃんに…と言っても六十年前のおばあちゃんはまだ三十そこそこで今のあなたより若く私もほんの五つか六つだったわ。小さな私は勝手気ままに単語を並べては遊ぶことが多かったのだけれどある時それを見た母親がそれに何か光るものを感じたのか私に自分の趣味だった俳句や短歌の手ほどきをするようになったの」

母親と祖母の若い頃の話を聞くのは彼女にとって初めてのことだが中学生の時から母親とまともに話したこともなかった彼女にとってそれは当然のことだった。

「母親に書いたものを見てもらうようになると文を作る上でのコツというものが分かってきて面白いように次々と出来ていったわ。出来上がった作品は母親に添削してもらいながら母親の勧めもあり方々の子供向けの文芸コーナー等に応募していたら徐々に賞を取ることも多くなり高校生になった時には成人向けのコンクールに応募するようになったのね。そういうことを続けているうちに歌壇でも名前が知られるようになって一時は《十代の彗星現《あらわ》る》なんて全国紙に載ったこともあったのよ」

その時の華やかなりし頃を思い出したのかあの人の口元には微笑みが浮かんでいる。

亜弥子が幼い頃彼女の家に母親の弟子だと言う人が何人も出入りしていた訳は母親にそう言う輝かしい過去がありそれを知っている人たちが集まって母親に教えを乞いていたんだということを彼女は初めて理解した。

しかし当時の母親にとって歌を詠むということはあくまでも趣味でそれで生活をしていこうなどとは考えもしなかった。そして二十五歳になった時に一流企業の会社員との見合い話があり相手と会ってみるとあの人が求める全ての条件は整っている上にあの人が拘っていた家事の合間での歌作活動《かさくかつどう》は続けたいという条件も飲んでくれるという。何の問題もなくスタートした父親と母親の結婚生活は続き、結婚して一年目に長男の秀斗が生まれその六年後に亜弥子が生まれた。

そして亜弥子が四歳になった時、十代から二十代での短歌界でのあの人の活躍を覚えている人がどのようにして居場所を突き止めたのかある日あの人を訪ねてやって来たのだ。

「私、先生の大ファンでした。ご近所に住んでいることを噂で知りもしよろしかったら手ほどきをして頂きたいと思いこうしてやって参りました」

彼女は手に持っていた桐子が十九の時に大きな賞を取った時の歌界が発行している月刊誌を差し出した。その号は桐子の特集で彼女の歌が五十首掲載されている。

まさかお目に掛かれることが出来るなんて感激ですと言うとその人は目を潤ませる。そしてその人は現在六人ほどで短歌同好会を作って定期的に集まっているのだけど何しろ素人の集まりでなかなか上達しないのだとぼやくともし宜しかったらその会を指導して欲しいと言うのだった。

子どもも十歳と四歳になりそれ程手もかからなくなっている桐子がその頼みにいささか心を動かされたのは夫を一年前に亡くした彼女の母親の香奈利がつい最近一緒に暮らしたいと言ってきていたからだ。香奈利は現在大阪に住む彼女の弟の家族と暮らしているのだが夫が亡くなった後は何かと居心地が悪くなっているらしい。彼女にしても今まで母親を弟に預けっ放しにしてきた手前無下《むげ》に断るのも気が引け、香奈利を引き取る気持ちになっている。しかし一緒に暮らすことになると当然支出は膨らむことも考えなくてはならないが会社員の夫の収入は限られたものなので当てになるはずもなくそのような時短歌のアドバイスの手間賃としてのいささかの収入でもあれば家計を助ける上で願ってもないことだった。

彼女は夫に母親の同居のことと自宅の空いている部屋で短歌教室を開きたいとを話すと彼は桐子が良ければそうしたらと大らかに頷いてくれた。

「お母さんも住み慣れた大阪を離れるのは淋しいかもしれないけれど老後は優しい娘の傍で暮らしたほうが幸せかも知れないね」

「私もそう思うわ。そして短歌を教えるのは昼間だけなのであなたが帰って来る頃には大勢の人がいたという片鱗もないはずよ」

夫の了解も得た桐子は彼女の得意分野での才能で人を指導するという今までしたこともない初めての仕事に心を躍らせている。

最初は短歌同好会の六人が一週間に一回桐子の家にやって来るだけだったが日が経つうちにその数は徐々に増えていった。女性の生き方がそれまでの家事仕事や子育てだけではなくなり女性も生まれてきたことへの手ごたえを求めるような世の風潮になりそれに遅れてはならじとする人たちが桐子の教室の生徒数を増加させている原因かもしれない。しかし桐子の生徒たちの良い部分を伸ばそうとする教え方は実に的確で大部分の生徒は提出した歌を添削されアドバイスされたりしているうちに生き生きとした歌を詠むようになってきている。

桐子の弟家族と暮らしていた彼女の母親が桐子の家族と同居するようになったことも彼女にとって好都合だった。生徒たちの歌を見るためには彼女自身も勉強をする必要がありそれは先人の歌から現代短歌に至るまでのあらゆる歌人の歌を読み又古典文学にも目を向けることが必要となっているが同居した母親が今まで彼女がしていた家事仕事を全面的に引き受けてくれているので彼女としては歌に関することだけを考えて暮らしていけば良い環境になり気持ちが楽になった。

そしてそのような状態が数年続き亜弥子が七歳になった時桐子に短歌教室の正式な講師としての依頼が舞い込んだ。それは三鷹駅前に巨大なビルを建てそのビルの中に大手新聞社が管轄する教養人の学習教室と称しての学校を開設するというのだ。そこでは俳句や書道、英会話や絵画教室そして水泳教室やスポーツジムと実に十数種類の教室を作りその中の一つである短歌教室の講師のひとりとして桐子は声を掛けられたのだ。

しかし会社員の夫にしたらその話はとても不愉快なことに思える。何故なら自宅で何人かの人に教えているだけなら彼が帰宅する頃には人の出入りの痕跡は何ひとつ残っておらず彼が朝出勤した時のままの状態で家族はにこやかにそこにいる。しかし妻が正式な講師として毎日のように外に出るようになると家族の生活のリズムには異変が生じるだろうしそのために家族は勿論のこと彼自身が今までのような安らかな気持ちで日常を送れる自信が無くなると彼は危惧している。

三鷹の外れの辺鄙な桐子の家にそれまで通ってきている人たちのほとんどが利便性の良い駅前の教室に移りたいと言っていることも彼女が依頼された講師を引き受けようかと思う原因になっている。

結局夫は桐子の意見に押し切られた格好で講師になることを承諾し、彼女はウィークデイの毎日をかなりの時間をかけて三鷹駅まで通い始めた。しかし二か月が経つと夫が危惧していた通り家族の生活のリズムには異変が出始めそれぞれの考え方そして人生への向き合い方にも齟齬《そご》が生じてきた。問題はそれだけにとどまらず桐子の短歌教室での信頼が厚くなるにつれ講師として特段の賛辞を受けるようになってくる。そしてその上彼女が今までとは桁違いの高額な報酬を得るようになると夫は被害者意識を持ち始め妻が自分を蔑《ないがし》ろにしていると思うようになっていった。

彼にすれば外に出ていく妻が日ごと艶《あで》やかに変貌していくのも面白くないことだったし吟行《ぎんこう》と称して夫が家にいる休日にも外に出て行くのが不愉快でならなかった。

桐子が初めて母の香奈利に夫の暴力を打ち明けたのは短歌教室で教えるようになって三年ほどが経っていた時だ。その話を聞いた加奈利はその時信じられないというように桐子を凝視したのは娘の夫が今まで誰に対しても穏やかで感情を顕わにするところなど見たことがなかったからだ。しかし暴力云々という話は信じられなかった香奈利が受けている暴力は力によるものではなく精神的なそれも凄《すさ》まじい暴力だと桐子が言い直すと香奈利は納得したように大きく頷いた。

しかし夫に精神的な暴力を受けていると言い直した娘のひとことでそれまで全くそれを信じようとしなかった祖母がどうして婿《むこ》の暴力を信じる気になったのだろうかと亜弥子は訝しく思う。

「おばあちゃんはお父さんとお母さんが結婚した時からふとした折のお父さんの行動の端々《はしばし》に鋭利なナイフを振りかざすような冷酷な部分があったのを見ていたのだと言ったわ。そんな大事なことをその時初めておばあちゃんは私に打ち明けてくれたのだけどおばあちゃんにしたらそれを私に言ってどうなるものでもないというのが分かっていたからなのよね。おばあちゃんが私たちの家で一緒に暮らすようになったのはあなたが四歳の時で私も家で短歌を教えることになったりしていたのでおばあちゃんが一緒に暮らしてくれると家事仕事も助かるしお父さんに不自由を掛けることもないと喜んでいたのよ。それから数年が経って私が短歌教室に教えに行くようになってもお父さんは相変わらず穏やかであなただって今まで一度として声を荒らげて怒鳴られたことなんかなかったでしょ。家の中はいつも静かで一見穏やかな問題のない家族のようだったけれど、ある時おばあちゃんは何かの拍子に私の背中を憎悪の眼差しで睨み付けているお父さんを見てしまったのですって。それまでも度々そういう場面には遭遇していたおばあちゃんもその日のお父さんの目は今まで見たこともなかったものだったので震えあがったって言っていたわ。その眼つきの異常さに身が竦みおばあちゃんは何か恐ろしい問題を娘たち夫婦は抱えているに違いないと思ったけれど結局何か言うとんでもないことが起こりそうな気がして言えなかったと言っていたわ」

亜弥子の耳元で際限なく続くあの人の告白は暗くて深い闇の中に彼女を引きずり込むよう

にも思える。

桐子は母親に指摘されるかなり以前から夫の狂気に悩まされ不安定な毎日を送っていた。人は誰かに見られている時には気配でその視線を感じるものだが何か月も前から何者かの視線を四六時中彼女は感じるようになっていたがそれは実際に夫の視線だったのかも知れない。その不気味さを感じた時顔を上げた彼女はとりあえず近くにいる夫に何か御用ですかと尋ねてみるが彼は当然のことにそれを否定する。その後も何度も顔を上げたり振り向いたりしたのだが何故か夫の視線はいつもあらぬ方を見ており彼女の問いかけにも答えることがない。不満があるなら何が不満なのか言ってくれれば良いのだがこの数か月は話し掛けても口をきこうとしない日々の連続でそれは彼女にとって耐えがたいことだった。

堪えがたい家庭での日常とは裏腹に講師として働くようになってから彼女は短歌の結社にも所属したため桐子の作歌活動は今まさに上昇気流に乗っている。そのような時彼女は結社の上層部からそろそろ歌集を出してみたらと声を掛けられたのだがそれは彼女が三十八歳の時だった。自分の軌跡としての歌集をいつかは上梓したいと思っていた彼女はそれを好機と捉《とら》えることとした。今まで詠んだ何千の歌の中から抽出すれば何とか歌集としての体裁は整うだろうし金銭的にも夫に頼ることなく自分の貯金だけで賄えるだろうことも歌集上梓の後押しをする。

四百首の歌を収めたその歌集が出来上がったのはその年の晩秋の頃だった。桐子は出版社から届いたばかりの歌集をまず母親のところへ持って行った。

「おかあさん、出来たの。見て！」

台所で水仕事をしていた加奈利の顔がみるみる紅潮するとその目も潤んでいる。濡れた手をエプロンで丁寧に拭くと恭しく受け取ったそれの一ページ目をゆっくりと開いたが彼女にすれば小さい時から短歌や俳句を指導した自分の娘がこのような歌集を上梓したことが嬉しくてならない。

その夜会社から帰って来た夫に桐子は歌集が出来上がったことを上ずった声で報告した。それまでも歌集を作るように結社の人から勧められたことも話していたので彼女にしたらそれは当然の報告だったので夫の書斎の机の上にそれをそっと置いた。

「あゝ、そう」

そう言っただけで夫は彼女が机に置いたその歌集を手に取ることもしない。そして食事が始まりその席でも桐子の上梓した歌集を話題にするのは何となく憚られ気まずい雰囲気の中で食事が終わった。そしてしばらくするといつも通りに風呂場に向かった夫を悲し気な目をした桐子が見送る。

「おめでとうも良かったねのひと言もないのだわね」

加奈利はそう呟くと労わるように娘を見た。

翌日も翌々日も、それどころか一週間後もその歌集は桐子が書斎の机に置いたそのままの形でそこにあった。

それから数年が経ったが二人の仲は益々険悪なものになっていった。

「確かに今思うと母親が祖母とは良く話していたのに父親とはあまり話しているのを見たことがなかったような気がするわ」

あの人の打ち明け話を聞いているうちに亜弥子は何故か徐々に母親の言うことが真実に思えてきたがもし母親の言うことが事実だとするならば既にその時亜弥子は小学校の五年か六年だったはずなのにそれらの事に何も気付かなかったとは恥じ入るばかりだと彼女は思う。

「秀斗兄さんは分かっていたのかしら」

「薄々は気が付いていたかも知れないけれど、受験勉強に追われていたからたぶんそれどころではなかったはずよ」

そういえば当時あの広い家の中のどこにも笑い声がなかったと亜弥子は思い返す。

「あの時感情に任せて家を出てみたもののあなたと秀斗のことを考えると子どもたちとは離れたくない、私はどうなってもいいから子どもだけはどんなことがあっても守らなければという気持ちになったの」

そんな強い気持ちがあるなら何故ひと月も私たちをないがしろにしたのかと彼女は聞きたかった。

「ひと月の間いったいどこにいたの？」

「私の精神がおかしくなるのを心配したおばあちゃんがしばらく静岡の俊夫叔父さんのところで静養してきなさいって一切の段取りをしてくれたの」

あの人が家を出ざるを得なかった出来事の一切は全て祖母が陰で采配を振っていたのかと彼女は今更ながら策士の祖母に頭が下がる思いもしたがそれでもまだ父親と母親の決定的な齟齬の話をそのまま信じることは出来ない。

「二人が何年間も憎悪し合っていたというのなら家出から戻った翌年の二月にどうして真美が生まれた訳？」

亜弥子が産まれたあと十二年も子どもを産んでいないあの人がよりによって家出から戻った翌年に何故子どもを産んでいたのかと疑問を投げかけられた母親は悲しそうに動かない右手を見つめている。

「私がある日突然家を出て行き一か月も音信不通になりそして平然と何食わぬ顔でまた戻って来た。それは一家の主としてのプライドを傷つけられたお父さんの最強の鉄槌の形となったものがあなたと十二歳も年の離れた妹の真美なのよ」

あの人を父親は憎みまたあの人も父親を憎んでいるというのにあの人が家に戻る条件として父親はあの人にもうひとり子どもを産むことを強要したのだと言う。

「あの男にとってそれは私に対しての最も残虐な罰の下し方に他ならないと思うわ。両親に祝福されないで生《せい》を享《う》けた真美には本当に申し訳ないことをしたと今でも悔やんでいるわ」

そう呟いた母親の麻痺した右手には左手の爪が強く食い込んでいる。

それからの父親が亡くなるまでの長い年月を憎しみ合った父と母がどのように生活していたのか亜弥子の記憶からはすっぽりと抜け落ちている。実際彼女も母親を恨んだまま十九で結婚して実家にほとんど足を運ばなくなったのだからその後の両親の様子が分からないのも仕方ないだろう。

ベンチから立ち上がった彼女は車いすの前に身を屈めると両腕を思い切り広げ母親を力いっぱい抱きしめた。

「何も知らないでごめんね。お母さん、今まで辛かったでしょ」

詰まらせた彼女の声に鼻をすすり上げた母親は子供のように小さく頷いた。

母親は土曜日に亜弥子が帰ったのと同時に次の土曜日を待ち始めるのだと言う。土曜日のその日、待つ身の母親の時計は既に分刻みのカウントを刻み始めているかも知れない。

その日は久しぶりの本格的な雨が降っている。彼女は病院に行く前に溜まった郵便物の整理をするため久し振りに実家に寄ってみた。母親が入院する前は植物の好きな母親の手でかなり広い庭も十分に手入れが行き届いていたが今は庭一面に夏草が生い茂り酷いありさまになっている。しかしそのような状況でも今を盛りと咲き誇っているヒメヒマワリを母親への土産にしようと彼女は五本ほどを切りとった。

昼食の時間にどうにか間に合った亜弥子が息を弾ませ病室に入るとあの人が満面の笑みを浮かべる。

「ねぇ、私いいこと考えたのよ。あなたには本当に世話になりっぱなしでしょ。だから私ね、今度生まれ変わったらあなたの子どもに生まれて来ようと思うの。そしてね、うーんと親孝行しようって考えたのよ」

あの気位の高い母親が何を言いだすのかと思った彼女は母親の言うその言葉に胸が締めつけられ一瞬言葉も出なくなる。しかし母親は即座にそれは出来ないことだと思い返したのか残念そうな声を出す。

「あー、それはだめだわ。そうなったらなったでまたあなたに苦労を掛けることになるわ」

母親は娘の労に報いるために何が出来るかをこの一週間ずっと考えていたのだろう。そして考え抜いた結論がそれだったのだと思うと彼女の胸に熱いものが込み上げてきた。

その日も娘に会ったことで体調も絶好調になった母親は素晴らしい食欲を見せる。一時はそげていた頬も今は元のように艶やかなピンクに戻りこのままリハビリが順調にいくと自宅に戻れるのも夢ではないかも知れない。

「家に寄ってきたの？」

花瓶のヒメヒマワリを見たあの人は慈しみ育んだ木々や花々の咲き誇る自宅の庭の様子を想像しているに違いない。

「お母さん、リハビリをちゃんとすると家へ帰ることが出来るんだからね」

今まであれほどお母さんと呼ぶことを拒否していた亜弥子はいつの間にかいとも素直にお母さんと呼んでいる。

「今回は時間がなかったけれどなんとか二首だけつくってきたわ」

亜弥子はベッドに椅子を横付けにし母親と向き合うと自分の今の気持ちだと言いながらゆっくりと歌を読み上げていった。

狂う人演じる母が記憶の中にそれも肯《うべな》う哀《あい》知りてより
狂う人演じる母はそのまま永久《とわ》に清姫《きよひめ》お七《しち》になりたかりしか

母親が一か月の家出からもどってどのくらいの時が経ったときだっただろうか、その日の昼頃に腹痛を起こした彼女は午後の授業は休み早退することにした。痛さを堪えながら家に戻った彼女が玄関を入るとキッチンの方からクスクスというかすかな笑い声が聞こえてくる。祖母と話しているのかそれとも来客でも来ているのかと思った彼女は抜き足でキッチンに近づいてガラス戸越しに中を覗いてみるがそこには祖母も来客もおらずその笑い声の主は紛れもなく母親だった。母親はキッチンの床にペタリと座り込みその手はだらりと両脇に垂れ下がり幾分上を向いた横顔からは相変わらずクスクス笑いが洩れている。母親のことを既にあの人と呼び彼女は突き放していたもののとにかく狂ってしまったあの人を何とかしなければと彼女の気持ちは混乱するばかりだった。しかしそう思いながらも恐怖に駆られた彼女は一歩二歩とその場から後ずさりをすると玄関を出て近くの公園に避難してしまった。それから三十分ほどが経って彼女がこわごわ家に戻ると母親は何事もなかったようにキッチンでいつものように夕食の準備をしていた。

いったいあれは何だったのか誰にも打ち明けることも出来ないまま二十年以上が経ってしまったが、彼女は今になってようやくあの時の狂った女を演じざるを得なかった母親の気持ちが理解できるようになった。祖母がいないひとりの時母親はあのように狂った女のふりをして現世《げんせ》から逃避していたのかも知れない。

「へえ、そんなことがあったの?」

母親は覚えていないと明るく笑うが今の亜弥子にとって母親のしてきた家族を捨ててのひと月ほどの家出などはもうどうでも良いことに思えてきている。

母親が亡くなったのはそれから二年後、夜半から雪の降り出した寒い朝に四回目の入院先で帰らぬ人となった。

それから数か月が経ち父母の埋葬されている公園墓地にも沈丁花の香りが漂っている。墓前に額づいたものの亜弥子は憎しみ合っていたという二人を前にしていつものように何を話すべきかが分からない。その時も墓石を見ながらただぼんやりしていると彼女の思考はあらぬ方向に飛んで行った。

二年前、入院先の桜の花びらか舞う病院の屋上で母親が打ち明けた話ははたして本当のことだったのだろうかと彼女は考える。

父親が母親に対して精神的な暴力をふるい続けていたということ、祖母は娘が受け続けていた精神的な暴力をずっと知っていたということ、あの人が上梓した歌集を父親が一顧だにしなかったということ、静岡の叔父の家にあの人が避難することは祖母も了解したうえで実行されたということ。家出をしたあの人が家に戻るための条件として三人目の子どもを産むことで父親が納得したということ。母親が話したそれらの事柄は全て一方的に母親の口から出た話で亜弥子は親戚の誰からも父親の理不尽さを聞かされたことはなくましてや祖母も父親もそのことに関しては無言を貫いたままで逝ってしまった。

そして何よりも彼女が母親の一方的な話を信じることの出来ない二つの理由があった。

幼少期の亜弥子の家庭環境は文学に造詣の深い大人たちに囲まれたものだったが彼女の父親もまたそういう大人のひとりだった。学齢前の彼女は父親の書斎のピリッと張り詰めたあの空気が好きで父親が読書をしている傍で絵を描いたり絵本を読んだりしていたが父親は彼女が騒がしくさえしなければその場にいることを拒みはしなかった。そして読書に倦んだ父親が顔を上げるとそこには亜弥子が居てそれを見た彼は気分転換のためか彼女にいろいろな話を聞かせるのだが彼女にとってそれがまた何ともいえぬ楽しみでもあった。父の書斎には当然学齢前の亜弥子が理解できるはずもない本が多くあったが父親は彼女が早く大きくなってこの書斎にある本を読んで欲しいと思っている。そしてある日書斎で遊んでいた彼女に本から目を上げた父親はこう声を掛けた。

「亜弥子は本が好きだからあと四、五年したらこの書斎の何冊かをきっと読み始めるだろう」

そして嬉しそうに目を細めた彼は更にこう付け加える。

「亜弥子、本には二種類の本があるのだが分かるか？　それは手元に残しておきたい本とどちらでも良い本なのだが父さんは目の前のこの本棚のこの三段には残しておきたい本を収納していいるんだ。だから亜弥子もこの書斎のこの段以外の本ならいくら触っても良いがこの三段だけは十分気をつけて大切に扱ってくれなければだめだよ」

彼女が父親とのそんなやり取りを思い出したのは父親が亡くなって実家に戻った時だ。彼女は大好きだった父親を偲ぶためもう一度ピリッと張り詰めたあの書斎の空気の中に身を置きたくてそのドアを開くと父が言っていた〝残しておきたい本棚〟のコーナーの中に、それも本棚の中心にあの人の歌集を見つけたのだ。

そして二つ目の理由が小学校の授業が終わり学校から帰って来た彼女が幾度となく見ている光景だ。それは、母親が短歌の生徒だという若い男と誰もいない奥座敷や庭の陰で体を密着させひそひそ話をしている光景でそれは彼女の抹消してしまいたい記憶でもあった。

(私はまんまとあんたの虚言に乗っかりあろうことか最後にはお母さんなんて言ってしまったけれど、やはり私はあの欠けた百人一首のしまわるる先は短歌の生徒のあの若い男のところだったと思っているしあんたが一か月出奔した先はその男の家だったと確信しているわ)

そう思った瞬間彼女の中のそれまでの全てのモヤモヤが見事に霧散していくのが分かった。

「まっ、確かにあんたの人生が全て嘘で塗り固めたものだったとしても、今更もうどっちでも良いことだけは確かなことよね」

立ち上がった亜弥子はそう呟くと墓前に向かってニヤリと笑ってみせる。

著者プロフィール

西　炎子（にし えんこ）

兵庫県出身
画家
著書　『パッション（還る場所を探して）』　2008年刊行
『戯・白い灯小町』　2011年刊行
『懸ける女』　2013年刊行
『失われた白い夏』　2016年刊行
『日映りの時』　2019年刊行

灯下の男
人の世は出会いと別れの数珠つなぎ

二〇二一年八月三十日　初版第一刷発行

著　者　西炎子
装　画　西炎子
装　丁　ＥＮＫＯ企画
発行者　谷村勇輔
発行所　ブイツーソリューション
〒四六六・〇八四八
名古屋市昭和区長戸町四・四〇
電　話　〇五二・七九九・七三九一
ＦＡＸ　〇五二・七九九・七九八四
発売元　星雲社（共同出版社・流通責任出版社）
〒一一二・〇〇〇五
東京都文京区水道一・三・三〇
電　話　〇三・三八六八・三二七五
ＦＡＸ　〇三・三八六八・六五八八
印刷所　モリモト印刷

万一、落丁乱丁のある場合は送料当社負担でお取替えいたします。ブイツーソリューション宛にお送りください。

ISBN978-4-434-29075-6